金ニモマケズ、恋ニハカテズ

Kazuya Nakahara
中原一也

CHARADE BUNKO

Illustration

吉田

CONTENTS

1

残高が増えた。

バーのカウンター席に座っている瀬木谷学《せきやまなぶ》は、スマートフォンを眺めながらほくそ笑んでいた。アクセスしているのは、インターネットバンクの自分の口座だ。今日は定期預金の金利がついた日で、残高が一万八千三百円増えていた。たった二万円弱と嗤《わら》う者もいるだろうが、瀬木谷にとっては大事な金だ。

残高が増える楽しみは、何物にも代えがたい。数字を眺めているだけで、これほど幸せな気分になるのだ。お金とはなんて素晴らしいのだろう――そう思いながら、男らしく長い指をした手で重厚感のあるオールド・ファッションド・グラスを摑み、満足げに口に運ぶ。

舐《な》めるようにじっくりと味わうには瀬木谷はまだ若く、リーズナブルな酒を呷《あお》る飲み方しかしないが、それもまたこの年頃の男にしかできない魅力で、見る者を惹《ひ》きつけるものがあった。スーツは十分馴染《なじ》んでおり、成熟しきった男への過渡期にある青年の色香というべき未完成の魅力がある。

瀬木谷は、大手インターネット通信販売会社に勤めるサラリーマンだ。歳は二十八。バイヤーとしての実績を積んでいるところで、メーカー側との納品や価格などの交渉はもちろんのこと、トレンドの分析など、幅広い内容の業務をこなしている。

目許は涼しげで、艶やかなストレートの黒髪やスッとした鼻筋、口許をキリリと結んだその姿は時代を背負って立つ若武者のようで座っているだけでも絵になる。志《こころざし》のために、己をも犠牲にする潔《いさぎよ》さすら感じさせた。また、理知的で禁欲的な雰囲気もあり、できる男といったイメージが女子社員の人気を集めている。

しかし、実際は親友たちに守銭奴《しゅせんど》呼ばわりされており、なんでもすぐ金に換算してしまう悪い癖があった。愛より金を大事にしている男は、金のためなら他人を平気で裏切れるといつも豪語している。

「んふふふふふ……」

店内にいる客の数人が、稀《まれ》に見るイイ男が漏らす笑みの理由を知らずに、瀬木谷に熱い視線を注いでいた。声をかけてほしそうな者。目の保養とばかりに眺めることを愉《たの》しんでいる者。そして、店のママを介して声をかけようとする者。その視線の持ち主が生物学的に男なのは、ここがハッテン場にほど近い場所にある『ヴィーナス』というオカマバーだからで、一般のバーなら注がれる熱い視線は女性のそれになるはずだ。

けれども、瀬木谷にとってオカマだろうが女だろうがゲイだろうが変わりはない。

「あら、ガクちゃん。また残高見てニヤついてるの？　気持ち悪いわね」

声をかけられて視線を上げると、真っ赤なルージュを塗りたくった唇が一番に目に飛び込んでくる。唇の下のホクロが色っぽくないのは、ひとえに顔が『岩』だからだ。

カウンターの中から声をかけてきたのは、大柄で全体的に角張った派手な化粧のオカマだった。源氏名《げんじな》をシルクという。皮肉にも、本名は徳永橋之助《とくながはしのすけ》という男らしい名前だ。

「ふふん。お前にこの愉しみはわからんだろうな」

「あたしは恋に生きる女ですもの。わかりたくもないわ」

そう言ってキャミソールのような露出度の高い真っ赤なドレスの肩紐の位置を指で直し、きつめのパーマがかかった肩までの髪を掻《か》き上げた。かなり迫力のある外見だが、心は立派な乙女で、こういった仕草からもそれがよくわかる。

シルクは高校生の頃からの親友で大学に入るまでは男として振る舞っていたが、今は立派なオカマとなり、こうして夜の街で雇われママとして働いている。節約のために滅多《めった》に外で飲まない瀬木谷がこの店だけは常連として足を向ける理由の一つは、安く飲めるからなのだが、もう一つは気兼ねなく飲める親友との時間をいたく気に入っているからだった。

自他ともに認める欠陥人間にも、その程度の人の心は残っている。

「いい加減、スマホしまいなさい。残高を肴《さかな》にお酒飲むなんて、ガクちゃんくらいよ」

「ほっとけ。俺は金が好きなんだ。残高が増えてるのを見るのが幸せなんだ。金利がつくのが好きなんだ。金利が高いと心が躍るんだ」

「も～、つまんないわね。ガクちゃん、せっかく男前なのに、もったいないわ。やっぱり女の子には興味ないの？」

見た目の迫力とは裏腹に恋の話をしたがるシルクに、いい加減目を覚ませとばかりに言う。

「あんなもん、金がかかるだけだ。記念日だのなんだの面倒だし、金使うのはいつも男だろ。貯金を減らすだけの女なんて興味ない」

「じゃあ、オカマは？　オカマは尽くすわよ～。うちの常連でガクちゃんのファン多いんだから。おかげでガクちゃんがいると、長居してくれたりするの」

身を乗り出し、独特のフェロモンを振りまきながらシルクは店内に視線を巡らせた。それを追うと、何人かの客と目が合う。アフロヘアのオカマにウィンクと投げキスを飛ばされたが、この程度のことで動じる瀬木谷ではない。

「俺のおかげで売り上げ伸びるんなら、奢《おご》れよ」

「あら、この前ボトル入れてあげたじゃない。いつも安くしてるんだからね」

「餓《う》えた狼の視線に晒《さら》されてるか弱い子羊の気持ちになれ。あと二、三本は入れてほしいね」

「か弱い子羊ってガラじゃないでしょ。でも、一緒にお店に立ってくれるんならいいわよ～。週三でバイトどう？　定期預金の残高見てニヤニヤしてるより建設的よ」

挑発的に言ってみせるシルクの視線が店の出入り口に向いたかと思うと、その表情がパッと明るくなった。この反応に、入ってきたのが誰なのか見ずとも想像できる。

単に、目の保養ができるようなシルク好みの色男が入ってきたのではない。親しみを感じる笑顔に、そういったものを越えた特別な相手が来たとわかった。親友として歓迎している。

「大《だい》ちゃん、いらっしゃ〜〜〜〜い」

「よ」

思っていたとおり、軽く手を挙げて入ってきたのは瀬木谷とまったくタイプの違う男前だった。隣のスツールに腰を下ろしたこの男の名を、菅原大輔《すがわらだいすけ》という。スポーツ用品を製造・販売する世界的にも有名なメーカーに勤務するサラリーマンで、この男もシルクと同様、高校時代からの親友だ。

日本人離れしているのは、はっきりとした目鼻立ちだけではない。明らかにスポーツをやっていたとわかる骨格と筋肉は、高校を卒業するまで続けていた野球で培《つちか》われたものだろう。百八十八センチある身長に見劣りしない広い肩幅と厚い胸板は、細身の瀬木谷からすると羨《うらや》ましい限りだ。リーチや股下の長さも十分で、社会人になって仕事に追われる日々を送るようになっても、若かりし頃に鍛《きた》えた肉体は衰えてはいない。外国人モデル並みのスタイルだが、モデルというよりスポーツ選手がスーツを身につけたという雰囲気も、その魅力の一つだった。

洗練されすぎない男の魅力が滲《にじ》み出ていて、菅原のスーツ姿は、他ではそうそう拝めないくらいサマになっている。こんな男が同じ会社で働いていたら、瀬木谷に注がれる女子社員の視線の半分は持っていかれただろう。その証拠に、瀬木谷に注がれていた熱い視線が、こちらもいいと新たなターゲットに興味を示した。

狩りをしに来た若い狼に、百戦錬磨《ひやくせんれんま》の羊たちが私を食べてとアピールしているようだ。男臭い仕草でネクタイを緩めてタバコを咥《くわ》える菅原を、軽くからかってやる。

「大輔。お前、注目浴びてるぞ。どれか喰ってみろよ」

「冗談はよせ。それより、ガク。また残高見てニヤついてたのか？」

「ガクちゃんね、定期預金が満期になって利息がついてたんだって」

「ったく、金より大事なもんはあるだろう。そんなだから、まともな恋愛一つできないんだよ」

自分がどれだけの魅力を放っているかまったく頓着《とんちやく》しない男は、シルクにビールを注文し、ゴブレットグラスに注がれて出てきたそれを一気に半分ほど飲んだ。そして、すぐさま瀬木谷のナッツに手を伸ばす。

「俺だって恋くらいしてるよ」

「どうせ相手は福沢諭吉《ふくざわゆきち》って言うんだろ。あんなおっさんのどこがいいんだ」

「諭吉に恋して何が悪い。俺は金さえあればいいんだ。あの手触り、匂い。諭吉の男ぶり。持ってるだけで幸せなんだよ。はぁ～」

瀬木谷は、甘いため息を零《こぼ》した。冗談ではなく、心からそう思っている。独特な金の匂いは、またらなくいい。読書家の人間が、紙やインクの匂いが好きと言うのと同じだ。本が金になっただけで、少しも変わらない。

しかし、最近は自分でもさすがにどうかと思うほどその魅力に囚《とら》われていて、一万円札の右側で偉そうにしているおじさんの貫禄《かんろく》やほうれい線の入り方が、渋いと感じるようにまでなってしまった。これは自分でもさすがにおかしいと思っているが、意識して止められるものでもない。

「お前、本当に金にしか興味ないんだな。金はあの世まで持っていけないんだぞ」

「余ったら棺桶に入れてもらう」

「金を燃やすのは犯罪だ。寄付しろ、寄付」

「俺が貯めた金だ。なんで他人にくれてやらなきゃなんねぇんだ。俺は死んだら諭吉に抱かれて焼かれたい。諭吉になら抱かれてもいい。いや、むしろ抱かれたい」

「金が好きすぎてとうとうホモになったか」

呆《あき》れたように言われるが、瀬木谷にも言い分はあった。

「お前は貧乏を経験したことがないから、平気でそんなことが言えるんだ。あれは惨《みじ》めだぞ。愛さえあればなんて脳天気な親父とお袋のせいで、俺の幼少期は悲惨な貧乏暮らしだったんだからな」

苦い過去を思い出して、静かに怒りを燃やす。幼少期の貧しかった経験は、軽いトラウマになっているくらいだ。

瀬木谷の両親はそれはそれは仲が良く、近所でも評判のおしどり夫婦だった。一緒にいられるだけで幸せだという脳天気夫婦は食堂を経営していたが、幸せは分け与えるものだという考えが根底にあり、それが貧乏生活の礎《いしずえ》となった。

サービス過剰で利益度外視の経営をしてきたため、店は客でいっぱいだったというのに、常に金欠状態で貧乏な暮らしを強《し》いられてきた。子供の頃はおもちゃなんて買ってもらえず、洋服も親戚のお下がりで、靴下は穴が空いても縫い合わせてボロボロになるまで使った。

物を大事にするのはいいことだが、さすがに限度というものがある。特に、母親の洋服のお下がりは最悪だった。もちろん息子の躰《からだ》に合わせて作り直してはくれたが、ポケットの部分に花柄の模様がついていたり、パステルカラーの色味だったりと、男の子には過酷なファッションだったのは言うまでもない。

子供心に、脳天気な両親をアテにしてはいけないと悟らされた。

早く大人になって自分で金を稼ぎたいと思いながら育った子供時代。クラスでも一番貧乏な瀬木谷が虐《いじ》められずに済んだのは、ひとえに瀬木谷の逞《たくま》しい性格がそうさせなかっただけだ。

「俺は金を貯めることが生き甲斐《がい》なんだよ。金のためなら死ねる。俺は友達だって売るぞ」

「あらやだ。そこまで言われると、いっそすがすがしいわ。ガクちゃんったら、お金のためならなんでもするんじゃない？」

「するに決まってるだろう」

「あら。じゃあ、十万円やるから一発やらせろって言われたら？　うちの常連ならそのくらい出そうって人いるわよ。ガクちゃんのこと本気で狙ってる客、結構いるんだから」

「う～ん。百万くらい出してくれるんなら、病院で解熱剤突っ込まれたと思えるかも」

思わず本気で言うと、すぐに菅原が突っ込んでくる。

「何が解熱剤だ！　断れ！　すぐに断れ！」

「じゃあ、あたしだったらいくらで抱いてくれる？」

「そうだな。お前なら十万でどうだ？　親友特価だぞ」

「やだ～、ほんと？　考えちゃうかも～」

本気か冗談か、シルクがきゃっきゃと喜び、それを見た菅原は、げんなりした顔をしてみせる。わざとそんな表情を見せて瀬木谷の更生を計ろうとしているとわかるが、この程度で悔い改めるくらいなら、今頃恋人の一人くらいいたはずだ。

「じゃあじゃあ～、大ちゃんが抱かせてくれって言ったら？」

まさか矛先《ほこさき》が自分に向くとは思っていなかったのだろう。菅原はギクリとした顔をした。目が合うなり、スツールから滑り落ちんばかりに身を引いてみせる。

「な、なんで俺が出てくるんだ」

「いいじゃない。ねぇ、どうなのよ」

菅原のあからさまな拒否反応にムッとして、本気で考えた。その顔をじっと眺め、いくらなら尻を差し出すことができるだろうと想像する。

金のために、菅原に尻を貸す――。

「十万だな」

その言葉に、思わずそのシーンを想像したのか、菅原は顔を真っ赤にして怒る。

「十万で手を打とうとするな！　この罰当たり！　親友にまで金で躰売ろうなんて、お前は本当にひとでなしだな！」

「んまー、ひどいわねっ！　ガクちゃんは守銭奴のドケチでどうしようもない非人間の欠陥人間なだけよ！　貧乏すぎて人として大事な部分が欠落しちゃっただけなのに、そんなひどいこと言わないで～～～っ！」

シルクはまるでか弱い子供を庇《かば》うように、瀬木谷の頭を抱き寄せて抗議した。しかし、一番滅茶苦茶《めちゃくちゃ》にこきおろしているのは、何を隠そうこのシルクだ。気づいているのかと思うが、こういう台詞《せりふ》は今まで散々浴びてきているため、痛くも痒《かゆ》くもない。

「大輔。お前、他人のこと滅茶苦茶言うけどな、俺にはお前のほうが信じられないね」

「なんだよそれは」

「お前はな、人がよすぎるんだよ。他人の世話ばっかしやがって」

反論できないで苦い顔をしているのは、身に覚えがありすぎるくらいあるからだろう。シルクも、瀬木谷に同意とばかりに頷《うなず》いている。

元野球部主将の人望はいまだに健在で、後輩や部下はもちろんのこと、上司から相談を受けることも多いらしい。仕事に関することはもちろん、それ以上にプライベートな秘密を打ち明けられることもあるという。また、たまたま飲み屋で居合わせた見知らぬオヤジから、女装趣味から抜け出せないという悩みを聞かされたこともあったというのだから、笑える。

まさに、「王様の耳はロバの耳」に出てくる床屋状態だ。いや、もっと悪い。ありとあらゆる他人の秘密を抱え、悩みを打ち明けられ、一円にもならない悩み相談を請け負っているのだ。

決して真面目な優等生タイプでもなければ正義感溢《あふ》れる熱血漢でもないが、菅原は頼りたくなる相手であり、頼っていいと他人に思わせる魅力がある。

しかも、桁《けた》違いに……。

「確かに、大ちゃんは面倒見がよすぎよね～。ほんと苦労性なんだから」

「お前が言うな。お前にオカマだって告白された時は、どうしようかと思ったんだからな。なんで俺なんだよ」

「だって、大ちゃんってなんだか相談したくなるんですもの～」

「何が『相談したくなるんですもの～』だ。大体、俺の親友二人が守銭奴とオカマっておかしくないか？　なんだよこの普通じゃない率は。むしろ俺のほうがおかしい気がしてきたぞ」

自分で言ってから、いやいやそんなわけあるか……、とその考えを否定して頭を抱え、己の境遇《きょうぐう》を嘆く。そんな菅原を見て、瀬木谷とシルクは笑った。

ちっとも変わらない菅原を見ながら、瀬木谷は昔のことを思い出していた。

金属バットがボールを叩く音が、晴れ渡った空に響いた。

高校のグラウンドの隅で、瀬木谷は野球部の練習風景を眺めていた。隣にいるのは、一年の頃から同じクラスで親友の徳永――のちのシルクだ。

木陰になったその場所は二人の指定席で、真夏日を記録する今日のような日は最高の特等席だった。遠くから聞こえるかけ声をＢＧＭに、ダラダラ過ごす。金のない高校生には、ペットボトルのジュースで何時間でも居座ることができる快適な場所だ。

「ガクちゃん。今日はバイトないの？」

「ああ。今週は土日入ってるから、あとは水曜だけなんだ」

その頃、瀬木谷は学校の許可を得てアルバイトをしていたが、勉学の妨《さまた》げにならないよう週に三回までとされていた。普通なら食堂を営《いとな》んでいる両親の手伝いをするところだが、下手に働き手が増えて自分たちの手が空くと、客に余計なものを無料で振る舞って経営を圧迫する。そんな理由もあって、アルバイトのない日は、こうして徳永と二人で野球部の練習を眺めるようになっていた。

なぜ野球部かというと、もう一人の親友である菅原が所属している部活だからだ。キャプテンで四番バッターという絵に描いたようなスポーツマンで、瀬木谷と菅原、徳永の三人は一年の頃から何かと気が合う親友だ。まったくタイプの違う三人が、なぜ仲良くなったのかは、いまだにわからない。ただ、同じクラスになってから少しずつ話す機会が増え、段々と一緒にいる時間が長くなった。

友達なんてそんなものかもしれない。損得勘定《そんとくかんじょう》抜きに、一緒にいて心地よいと感じる相手だ。

また、三人は女の子に人気で、バレンタインデーには多くのチョコレートを手にした。近くにある女子校でも有名らしく、通学途中で告白されたことは何度かある。

中でも菅原は特に人気で、瀬木谷が知っているだけでも五回はアピールされていた。けれども、菅原はあまり興味がないらしく、彼女がいたためしがない。徳永のほうも異性に興味を持つ素振りを微塵も見せなかったため、誰にも気兼ねすることなく二人とつるむことができた。

「しっかし、このクソ暑いのに、なんでわざわざ汗だくになって野球するかなぁ。しかもユニフォームの下に長袖のアンダーシャツ着込んでんだぞ。マゾだよマゾ。あいつら絶対マゾだ」

「大ちゃんは運動神経いいから」

その頃からすでに金の亡者となりつつあった瀬木谷にとって、部活なんて無駄なカロリーを消費するだけの活動だった。グローブやスパイクにいくらかかるかわからないが、万単位の金が飛んでいくのは確実だ。試合となれば、交通費もかかるだろう。

（あ〜あ。キラキラしやがって……）

白球を追う高校球児の姿を、瀬木谷は呆れた目で見ていた。一円にもならないのに、なぜあそこまで苦しい思いができるのだろうと思う。けれども、ご苦労だと思いながらも、同時に心にあるのは羨望《せんぼう》にも似た思いだ。

そもそも、なんでも金に換算してしまう癖のある瀬木谷が野球部の練習を眺めていることこそ無駄な行動だが、わかっていても眺めていたい風景だった。

菅原が部活をしている姿を見ているのは、ただの暇潰し以上の価値がある。

『集合〜』

休憩のかけ声がかかると、野球部の連中がグラウンドから一斉に引き上げて、ぞろぞろと水飲み場へと向かうのが見える。水道水で喉を潤してそのまま地べたに座る部員たちが、へとへとになっているのが遠目にもわかった。

その中から、一人だけ立ち上がってこちらに向かってくる男の姿が見える。菅原だ。

「暑《あち》ぃ」

菅原はスパイクをカチカチ鳴らしながら近づいてくると、ユニフォームを脱いで二人の隣に座った。日焼けした肌に浮かんだ汗が、眩《まぶ》しい。揉み上げから顎《あご》にかけてのラインは、すでに大人のそれだ。

男臭さを滲ませている菅原に、差をつけられている気がする。

「ガク。お前、俺に熱い視線注いで何考えてるんだよ」

「野球やるのにいくらかかるんだろうなと思って。部活になんのメリットがあるんだよ」

「んなもん、いちいち考えてたらスポーツなんてできねぇよ」

菅原は、瀬木谷の手からペットボトルを奪うと口をつけた。

「あーっ、てめぇ他人の飲み物勝手に奪うな」

「ちょっとくらいいいだろ」

「部活中のお前のちょっとはちょっとじゃないんだよ。俺のなけなしの百二十円で買ったカピルスウォーター返せ」

「ごちゃごちゃうるせぇなぁ。そのセコさ、どうにかなんねぇのか」

「セコくて結構。俺みたいな貧乏人から飲み物奪う奴に言われたくないね。俺んちの金銭事情知ってるだろ。ごく普通の家庭に生まれたお前にはわかんないんだよ」

瀬木谷があまりにねちねち言うものだから、見かねた徳永が自分のジュースを差し出した。

「俺の飲む？」

「お。サンキュ～」

「お前、優しすぎ。しかも、また小指立ってんぞ」

躰は大きく、顔もいかついが、心優しい力持ちはこういう時はいつも間に立ってくれる。女子に人気の理由の一つも、見た目と性格のギャップだ。

格闘技をやらせれば才能を開花させそうだが、優しい性格が邪魔をしているからか、運動はまったくしない。しかも、走り方が完全にオネエなのだ。自分でも気にしているようで、部活をしない理由は走りたくないからだと聞いたことがある。

「あ。また瀬木谷君たち一緒だ～」

背後から耳に心地よいソプラノが聞こえてきて振り返ると、校舎の窓から身を乗り出しているクラスメイトの姿がある。気さくで、よく瀬木谷たちに声をかけてくるが、その好意の向かう先が菅原だということは知っている。

「おー。三田村《みたむら》。なんか奢れ」

「やーよ。お金ないもーん。ほんと、あんたたち仲良しね～。いっつも一緒じゃない」

「悪いか」

菅原が平然と言ってのけたため、瀬木谷はわざと嫌そうな顔をしてやる。

「認めるなよ。たまたまバイトがないから、野球部が無駄に汗掻いてんの見学してるだけなんだよ」

「ほんと憎たらしい野郎だな、てめぇは」

カピルスウォーターの恨みとばかりに、アカンベをした。

「あんたたち仲良し三人組って、西北《せいほく》女子でも有名だってよ？　私の中学の時の友達が西北なんだけど、ファン多いんだってー。写真出回ってるの知ってる？」

「写真？　隠し撮りか？」

「そう。去年の文化祭とかすっごい撮られてたんだからね～」

「三田村。お前の友達に、俺の一枚百円で売ってやるって言っといてくれ。二百円出すならセミヌードもOKよって」

「お前が言うと洒落《しやれ》になんねぇぞ」

二人のやり取りを見て、彼女はころころと笑った。そこへ別のクラスメイトがやってきて、進路指導の順番だと彼女を呼ぶ。すっかり忘れていたようで、慌てて自分の教室のほうへと駆けていった。

「進路指導か。俺も来週なんだよな。大輔もだろ?」

「ああ」

高校三年にもなると、いよいよ自分の進路について本格的に決めなければならない。急に現実を見せられた気がして、少しばかり憂鬱《ゆううつ》になる。

「俺さ、大ちゃんは野球で大学狙うかと思ってたよ。一緒の大学目指すのは心強いけど、野球上手いのになんだかもったいない」

「そこまで実力があるなら、本気でプロ目指すよ。ガクは? 高校卒業したら就職すんのか?」

「まぁな」

卒業生の九割以上が大学や短大に進学しているというのに、瀬木谷はすでに大学に行くことを諦めていた。

成績はそこそこの順位を保っているため、進学できないことはないが、いかんせん金銭的事情から、進学は無理だと諦めていた。

「問題は学費か?」

まるで自分の問題のように、菅原は言葉を嚙み締めた。グラウンドのほうを見ている横顔は真顔だが、目には部活をしている時のような力強さはなく、まるで過ぎ去った思い出でも眺めているような、どこか捉えようのない空気を感じる。

なぜ、菅原がそんな顔をするのかわからなかった。瞳に映っているのは、太陽の光を反射する白いグラウンドだが、菅原は違うものを見ている。

そこに浮かんでいるのは憂《うれ》いなのか、それとも別の何かなのか。

なんとも形容しがたい色が浮かんだそれを見ていると、大人に近づいていくにつれ自分たちが知らなければならない多くの現実が存在していることを感じさせられた。

努力で夢が叶うと手放しに信じていられた子供の時とは違う。けれども、簡単に現実を受け入れてしまうほど、悟ってもいない。

「お前んち、商売繁盛《はんじょう》してるってのに貧乏だもんなぁ」

「わかってんじゃねぇか。あの親父とお袋が大学の学費まで貯め込んでるわけがないだろ。高校進学できただけでも奇跡だってのに……」

こうして三人でいられるのも、あと半年ちょっとかと思うと、寂しくなった。

「そっか。やっぱ大学は無理か」

少し残念そうな菅原の言い方が、その気持ちに拍車をかける。こういう言い方をされると、センチメンタルな気分になるのだ。三年生が部活を引退したあとは、受験勉強も本格的になってくる。そうなると、就職組の瀬木谷と菅原たちとは、行動も違ってくるだろう。

まだ、思い出にしたくない。もう少し味わっていたい。そういった思いが心を揺さぶるが、誰も時を刻む時計の針を止めることはできない。

（そんな顔するなよ）

恨めしい気持ちと、自分と同じ気持ちでいてくれることがほんのちょっと嬉しくて、心の中は複雑だった。

「奨学金って手は？」

「なんでそんなに俺に進学勧めるんだ？　無理だよ。奨学金って借金だぞ。社会人になったら返さなきゃなんねぇんだぞ。就職する前から借金背負うなんてぞっとする」

わざと突き放した言い方をすると、菅原は妙に残念そうな顔をした。

なぜか、心臓を摑まれたように胸がグッとつまる。

「そっか。そうだよな。お前が勉強のために借金抱えるわけねぇか」

その時、赤のジャージを着たマネージャーが駆けつけてきた。さらさらの髪を二つに結んでいて、手にはスコアブックを持っている。

「菅原君、休憩もう終わるよ？」

「ああ。すぐ行く」

菅原は立ち上がって帽子を被《かぶ》り直し、グラウンドに向かった。途中、いったん足を止めてから振り返る。

「あ、そうだ。お前らどうせ最後まで見てるんだろ？　帰りタコス喰って帰るぞ。駅のところにできたあの怪しげな店、安くて旨《うま》いってよ。安田《やすだ》たちが昨日行ってきたって」

そう言い残して練習に戻っていく菅原の背中を、目を細めながら見送る。

単に太陽の光を受けるグラウンドが眩しいのか、生き生きとした姿が眩しいのか、よくわからなくなってきた。躍動感《やくどうかん》のある動きは同じ男から見ても格好良く、日焼けした菅原が汗と泥にまみれている姿は、絵になる。

「ねぇ、ガクちゃん」

「ん～？」

「奨学金、本当に無理なの？」

「お前までそんなこと言うなよ。もう決めたんだよ」

きっぱりと言っても、徳永は何やら言いたげだ。口にしていいものか考え込んでいる顔をじっと見ていると、息をついて切り出す。

「大ちゃんはさ、ガクちゃんと一緒に大学に行きたいんだよ。一緒に大学に行って、バイトやったり飲み会に行ったりしたいんだ。ガクちゃんは大ちゃんの特別なんだから、わかってやったら？」

諭《さと》すような言い方に、すぐに返事ができなかった。三人の中で一番の長身で躰つきも顔の作りもごついのに、時々母親のような優しさを感じることがある。気持ちが優しいのだ。そんなふうに言われたら、真剣に考えてしまいそうだ。

「俺がいなくてもお前がいるだろ」

「だから、そういうんじゃなくて……なんていうか……」

「俺だって、大学に行きたくないわけじゃない」

「ガクちゃん……」

　他人の気持ちに敏感な徳永は、それだけで瀬木谷の心にある小さな寂しさに気づいたようだ。

「ごめん」

　しおらしく言われ、こんなのはガラじゃないと軽く笑ってみせる。

「ふん。俺は先に就職してガンガン稼いでやる。お前らが馬鹿学生やってる間に、リードしてやるからな」

　虚勢だった。本当のことを言うと、進学できるなら大学に行きたい。もちろん勉強したいわけではないが、単に遊びたいというのとも少し違った。

　高校に入学してから、三人でつるんできた。アルバイトのない日はこうして野球をしている菅原を二人で眺め、時々声をかけられ、時々野次《やじ》を飛ばした。この三人でいる空気感が好きなのだ。心地好いと感じる。それなのに、いずれ二人は大学へ進み、自分だけが就職する。

　自分だけが——そう思うと、どうしようもない切なさに胸が疼《うず》く。

　疎外感とは違った。

　寂しいのだ。この時間がいとおしくて、手放しがたくて、別の道を行くことが寂しい。

（奨学金か……）

諦めていた進学という道を一瞬本気で考えそうになり、そんな自分が信じられなかった。就職する前から借金を背負うなんて、とんでもないことだ。

「どうしたの？」

「いや、なんでもない」

「本気で考えた？」

「考えるか馬鹿」

そう言いながらも、心は次第にある思いに囚われ始めていた。

二人の親友と、もう少し気ままな学生生活を送っていたい。もう少し、この時間を過ごしていたい。そのためなら、借金を背負うという瀬木谷にしてみればとんでもないことをしてもいいかもしれない。

その考えは大きくなっていき、やめろという理性の声をいとも簡単に無視してしまう。

そして、一週間後。

何を思ったのか、瀬木谷は担任教師のところに奨学金の相談に行き、手続きなど詳しい話を聞いた。まったく躊躇《ちゅうちょ》しなかったわけではないが、いったん腹を括《くく》ると行動は速い。一ヶ月後には、進路を就職から進学へと変更していた。

それを聞いた親友二人は、顎が外れんばかりに驚き、天変地異《てんぺんちい》の前触れだと騒ぎ立てた。

そして誰よりそのことに驚いていたのは、瀬木谷本人だった。

悩みは尽きないものだ。

その日、瀬木谷は朝からずっとベッドの中でスマートフォンを眺めていた。

土曜日の午前中から、たまった洗濯物も片づけずに何をしているのかというと、インターネットバンクの金利を見比べているのだ。先日満期になった定期預金三百万円ぶんを、どこの定期に入れようかずっと悩んでいる。これから数年、大事な金を預ける先だ。娘を嫁に出す覚悟で向き合わないと、あとあと後悔することになる。

その目は真剣そのもので、車券を持って競輪場のフェンスに摑まってレースを見ているオヤジ連中と変わらない。

「なんで先月から一気に下がってるんだよ」

もともと入れておいたひまわり銀行の金利は、今月の金利見直しで三年前に預けた時よりも〇・五パーセント下がっていた。四菱《よつびし》銀行はキャンペーン金利になっていて、今入れると特別金利になっているが、金利ランキングに新しい銀行の名前が挙がっているのも気になる。

地方銀行のインターネットバンキングで支店がかなり少なく、通常使う口座としては不便だが、使わない金なら問題ない。しかも、郵送のみでの口座開設もできる。規模は小さいが、預金保険の対象となっているため銀行が潰れたところで元本が減る心配もない。

「口座開くか」

身分証明の書類を揃えるのが多少面倒だが、ここは一円でも多い金利を狙うべきだろうと思い、口座開設の手続きに入った。名前、住所を次々と入力していく。

しかし、途中で手が止まった。

「でもなぁ、十年塩漬けする覚悟すればこっちなんだよな。最悪元本は保証されるんだし」

ウィンドウを切り替え、ひまわり銀行のトップページを見る。

ずっと気になっていたのは仕組預金と呼ばれるもので、満期が最短で一年、最長十年になる預金だ。一年経つごとにその時の状況に応じて、満期にするか延長するかを銀行側が決める。

自分で満期を選べないぶん、通常の金利より高い設定で定期預金が組めるが、その代わり今後金利が急激に上がった時は、銀行は今のままの金利で延長するため、結果的に安い金利で最長十年も預けなければならないのだ。

しかも、預金者側の都合で途中解約すると手数料がかなりかかるというリスクもある。

「最長十年っつったら、三十八か。三十八までに急に金が必要になることなんてないよな。

他にもまだ預金あるし」

ここは決断の時だと、自分に言い聞かせる。

「よし、入れるぞ。俺は入れるぞ」

気合いを入れ、満期になった三百万をそのままひまわり銀行の仕組預金に入れるために、金額を入力して取引パスワードを入力する。

そして、確定。

「入れたぞ」

ふ、と口許を緩め、まるで大きな仕事を成し遂げたかのように満足げにため息をついた。たかが金利にここまで真剣になれる男なんて、そういない。

この光景を見たら、瀬木谷に憧《あこが》れる同じ会社のOLたちは幻滅するだろう。バイヤーというと、数千万単位の商談をすることもめずらしくはない仕事だ。メーカーへ厳しい要求を突きつけることもあるシビアな仕事でもあるし、そのぶん本人のセンスや戦略を立てる能力も求められる。そんな企業戦士が、日夜こんなセコいことをしているのだ。数千円の違いにうんうん唸《うな》り、一度下した決断を覆《くつがえ》す。

そのギャップはあまりにも大きい。

けれども、こうしてどこに預けて何年後にいくらの金利がつくのか計算すること自体、楽しくもあるのだ。預け先はいくつかに分けているため、定期的にこういったことを繰り返している。変な趣味だと言われようが、今さら自分でどうなるものでもない。

奨学金も無利子の一種で借りられたのをいいことに、繰り上げ返済ができるにもかかわらず、毎月返しつづけている。そのぶんを定期に入れたほうが、いくらか手元に入るからだ。

「あ～、やっと決まった～」

朝から握っていたスマートフォンをようやく枕元に起き、仰向けになって伸びをした。仕事ではいくら大金を動かす商談を成功させても、この満足感は得られない。所詮《しょせん》は会社の金だ。自分の金を金利の高い銀行に預金した時とは比べものにならない。

天井を見ながら達成感に浸っていると、着信音が鳴った。液晶には、菅原の名前が出ている。

「おー、大輔か？　土曜の朝になんか用か？」

『何してたんだ？』

電話越しとはいえ、ベッドの中で菅原の声を聞くなんて妙な気分で、のそりと起き上がってベッドから降りた。

「何っていろいろだよ。俺は今忙しいんだ」

『どうせ金の預け先でも探してたんだろ』

ズバリ言い当てられ、可愛《かわい》くない奴だとニヒルな笑みを漏らす。

「なんでわかったんだよ？」

『この前、満期になった定期預金の金利眺めてうっとりしてただろうが。その金の嫁ぎ先を探してる頃だろうと思ってな』

さすが長いつき合いだ。よくわかっている。しかも、金の預ける先を『嫁ぎ先』と言うなんて、まさに花嫁の父親の気分で銀行を探していた瀬木谷の心情を完全に理解している証拠だ。

今さら恥ずかしいと思う間柄《あいだがら》ではないが、さすがにここまで見抜かれていると、少々面白くない。

「悪いか。俺は貯金が趣味なんだよ。ちまちま金利を計算するのが好きなんだよ」

当てつけがましく言うと、菅原は電話の向こうでゲラゲラ笑った。そして、なんの脈絡もなく本題に入る。

『今から出てこい』

「は？」

『野球やってんだよ。お前のマンションの近くなんだ。ほら、河川敷のところにグラウンドがあるだろ』

当然来るだろうと思っている口振りに、呆れた。満期になった預金の次の預入先を探していたことを見抜いていたくせに、自分の誘いに乗って当然だと思っているところが、なんともおめでたい。

「なんで俺が一円にもならないことに自分の体力使わなきゃなんねぇんだ？」

『メンバーが急に腹壊してな、人数が足りないんだよ』

「だからなんで俺を呼ぶんだ。俺が行くと思ってんのか？　これから洗濯するんだよ」

阿呆《あほう》か、と最後につけ足しても、まだ来ると思っているようで諦める気配は見せない。

『近くだっつったろ？　タクシー使えばお前のマンションから十分で来られる』

「何が悲しくて、無駄なカロリー使わなきゃならないんだ」

『タクシー代は出すから』

「当たり前だ」

『洗濯も試合のあとで手伝ってやる』

「断る。お前にパンツを洗われたくない」

『なんだよパンツくらい』

「野郎が野郎にパンツ洗ってもらうなんてシュールすぎるだろ」

『ったく、お前はいちいち細かいんだよ』

「ほっとけ」

『なぁ、頼むって』

「やだね」

『打ち上げ代、奢るから。とにかく人数足りねぇんだよ。シルクも来てる』

シルクと聞いて、瀬木谷はピクリと反応した。

「シルクもか?」

『ああ。あいつはお前と違ってつき合いいいからな。友達甲斐があるぞ~』

オカマを草野球に誘うなんて度胸があると思うが、そういうことを平気でするのが菅原だ。そして、強引だと思うようなことも上手くまとめられる。

『みんなと仲良くやってるぞ。あいつの社交性をお前も少しは身につけろ』

菅原の声は笑っていて、なんだか楽しそうな雰囲気が伝わってきた。笑い声や話し声。晴れ渡った空や眩しいグラウンドの様子が目に浮かび、瀬木谷の心は動かされる。一円にもならないことでも、参加しようという気になるのだ。

思えば、高校の頃もそんな理由からアルバイトのない日の放課後をよくシルクと野球部を眺めて過ごした。もしかしたらそこまで見抜いての誘いなのかと思い、やはり自分のことを一番理解しているのは、この男かもしれないという気になる。

「わかったよ。行くよ」

『五分で来い』

「何が五分だ。まだ着替えてもねぇのに、何勝手なこと……、わ。切りやがった」

菅原の声が、ツー、ツー、という無機質な音に代わる。

あの野郎、と軽く毒づいて時計を見ると、すでに九時を過ぎていた。今日、目が覚めたのは六時だ。そのまま顔も洗わず金の嫁ぎ先を探し始めたのだが、三時間もやっていたのかと思うとさすがに運動でもして躰を動かそうかという気になる。

顔を洗い、歯を磨いてジャージに着替えてから、瀬木谷はタクシーに乗ってグラウンドへと向かった。いざ草野球につき合うとなると天気がいいのも手伝って、すっかりその気になっている。早く合流したくて、気持ちが急《せ》いた。

「あ。ここでいいです」

河川敷のグラウンドが見えてくると、瀬木谷はすぐに菅原の姿を見つけた。シルクもかなり目立っている。

「おー、やっと来たか」

「あら～ん、ガクちゃ～～～～～ん。待ってたわよ～～～～～～～～ん」

シルクは太陽の下でも濃いキャラクターのままだったが、青空も案外似合う。

「どうも。瀬木谷学です。こいつらはガクって呼んでますけど」

「はじめまして、僕は高原《たかはら》です。カー用品の卸売り販売業者で働いてます」

「僕は金山《かなやま》です。スポーツ用品店で働いてます。菅原さんの後輩で同じ高校なんですよ。いつも二人で野球部の練習見てましたよね」

予定の開始時間を過ぎていたため、自己紹介はざっと済ませて早速試合開始となった。相手チームと向き合って挨拶《あいさつ》をしたあと、いきなりバットとヘルメットを差し出される。

「じゃあお前、一番バッター」

「は？　来ていきなりか？」

「お前、足速いだろう。俊足は一番って決まってるんだよ。ほら、行け」

「ガクちゃ〜〜〜〜〜〜ん、がんばってぇぇぇぇぇぇぇ〜〜〜〜〜んっ！」

やれやれとばかりにヘルメットを被り、バッターボックスに立って構える。野球なんて久しぶりで、細かいルールなど覚えているかどうか自信がないが、とにかく打って走ればいいのだ。

第一球から大きな当たりを狙ってバットを振ったが、見事な空振りだった。

「しっかり球見ろ〜このへっぴり腰〜〜っ」

なぜ自分のベンチから野次が飛ぶんだと思いながら振り返ると、菅原が楽しそうに笑っていた。

「くそ。見てろよ」

片手でヘルメットを被り直し、気を取り直して構える。二球目、ファール。三球目。バットに当たった。

「きゃ〜〜〜っ、ガクちゃ〜〜〜〜ん」

脱力しそうなシルクの応援を聞きながら一塁を目指すが、あっさりとアウトになり、すごすごとベンチに戻る。

「あ〜ん、惜しかったわね〜〜」

「何が惜しかっただ。スライディングくらいしろ。この役立たず」

「無茶言うな」

ヘルメットを脱ぎ、バットとともに次の打者に渡す。

「じゃあ、僕行きまーす」

次にバッターボックスに立ったのは、カー用品の卸売業者に勤めているという高原だ。定期的に野球をしているようで、当たりはよかったが相手チームの好プレイに阻《はば》まれた。

そして、三番は菅原がバッターボックスに立つ。

「大ちゃ〜〜〜〜〜ん、がんばってぇぇぇぇぇぇ〜〜〜〜〜〜っ！」

いっそう応援に力の入ったシルクの声が響き渡ったかと思うと、カンッ、といい音が空に響いた。バットを捨て、一塁を回って二塁に向かっている。瀬木谷のことを俊足と言ったが、明らかに菅原のほうが速いとわかる走りだ。

「セーフ！」

華麗《かれい》なスライディングで二塁ベースを踏むと、ベンチに向かって拳《こぶし》を挙げる。

(あ〜あ。相変わらずキラキラしてんなぁ)

ツーベースで一気に二塁に進んだあと、次のバッターが内野安打で三塁に進む。大きな一発が出なくても、一点取れるチャンスだ。

「昔を思い出すわねぇ」

シルクが目を細めながら、目の前の光景を眺めていた。

「高校の時も、こうしてよく二人で大ちゃんの部活眺めてたもの」

「そういやそうだな」

アルバイトのない日は、木陰になっているグラウンドの隅で汗だくになって白球を追いかける球児の姿を眺めていた。一円にもならないのに、あの三年間でいったいどのくらいの時間を潰しただろうか。

ダラダラするだけの時間だったが、瀬木谷にとっては無駄なものではなかった。そして、瀬木谷の人生を変えた言葉を菅原が放ったのも、あのグラウンドでだった。

『そっか。やっぱ大学は無理か』

今でも時々思い出す。あの、憂いともなんともいえない色を浮かべた、菅原の横顔。いつもキラキラとした姿を見せていたグラウンドで、菅原が見せた大人の片鱗《へんりん》。

たった一度だけだったが、あの横顔はちょっとしたことをきっかけに時々脳裏に蘇《よみがえ》って、胸をざわつかせた寂しさや切なさまで思い出す。

「ね。いいこと教えてあげましょうか」

「なんだ？」

「お腹壊して人が足りなくなって困ってるっていうの、嘘よ」

「なんだって？」

「足りないのは本当だけど、草野球よ。ほら見なさい。向こうも人数足りてないから、こっちのチームから一人貸してるのよ。その辺は適当にやってるの。ガクちゃんがいないならいないで、そのままゲーム開始できたんだから」

「あの野郎」

よくも騙《だま》しやがったな……、と恨めしげな視線を菅原に向けるが、シルクは嬉しそうだ。

「そうでも言わないと、ガクちゃん出てこないじゃない。大ちゃんはね、ガクちゃんとも一緒に野球したかったのよ。あ、また打った！」

見ると、菅原がホームに戻ってくるところだった。ベースを踏んでから、ベンチにいるメンバーにハイタッチをして瀬木谷の隣に座る。

「次、シルク行け！」

首筋に汗がしっとりと浮かんでいた。やはり、長いことスポーツをしてきた菅原は、骨格がしっかりしている。男らしい横顔を見ていると、グラウンドを向いていたはずの菅原の視線が動いた。思いがけず目が合い、心臓が小さく跳ねる。

「なんだよ？」

「別に……。ほら、シルク何やってんだ。早く行けよ」

「あ～ん、待ってよ。ヘルメットが上手く入らないわ。よし。これでいい、と。じゃあ、あたし行ってくるわね〜〜〜っ」

内股で走っていくシルクの背中を眺めながら、菅原がケラケラと笑っていた。

「相変わらず生粋《きっすい》のオネェ走りだな」

シルクから聞いた話を切りだそうとしたが、結果的に楽しんでいるのだ。人数が足りていたかなんてどうでもよくなる。

(ま、いっか)

バッターボックスのシルクを見ると、なかなかサマになっていた。

「お。シルクもいい構えしてるな」

「スポーツは好きっつってたもんな。カミングアウトする前は、オネェ走りを見られたくなくて手ぇ抜いてたけど、俺は素質あると思ってたんだよな。野球してほしかったよ」

「無理無理。あいつは優しすぎるから、スポーツですら誰かと競うことなんてできないよ。かっ飛ばせ〜〜っ、シルク！　ホームラン打ったらまた店に飲みに行ってやるぞ！」

瀬木谷の声援にシルクは尻をぷりぷりっと振って応える。そして、ピッチャーが第一球を投げた。

「おりゃ〜〜〜〜〜〜〜〜〜っ！」

怒号とともに、ボールは青い空に吸い込まれる。

メジャーリーガー級の特大ホームラン。チームは沸《わ》き、オネェ走りで誰彼構わず投げキッ

スを送っているシルクの姿にベンチにいる全員が腹を抱えて笑う。
相手チームも、オカマにここまでやられたらお手上げだとばかりに笑っていた。

2

菅原から連絡が入ったのは、仕事から帰ってすぐだった。スマートフォンの画面に出ている親友の名前を見て、思わず目を細める。

『この前はお疲れ』

「ああ、大輔か。どうした?」

『今、近くにいるんだ。これからそっち行っていいか? シルクの店に行ったんだけど、臨時休業でな。酒とつまみ買ってきたから一緒に飲もう』

明日も仕事だが、今日は比較的早い時間に帰ってきたため、二、三時間飲んでも差し支えないだろう。ちょうど飲みたい気分だったと、部屋を提供すると返事をする。

『じゃあ今から行く』

電話はすぐに切られ、五分ほどしてからチャイムが鳴った。あまりに早い到着に、電話をする前にすでに買い物まで済ませていたなと呆れ、エントランスのロックを解除する。玄関の鍵を開けてから部屋の片づけをしていると、両手に荷物を抱えた菅原が入ってきた。

「よ」

酒やロックアイスの他に、つまみが入った袋も提げている。いい匂いを漂わせているのは、紙袋のほうだ。黄色地に赤のインクで怪しげなイラストが印刷されている。

「何買ってきたんだ?」

「タコス。ここの旨いんだ」

スーツの上着をソファーの背もたれにかけ、ネクタイを緩めながらラグの上に座り、袋の中身をちゃぶ台に広げ始めた。六缶入りのビールとドライ・ジンの瓶が三本。ライムがいくつかとロックアイス。あとはナッツやスモークチーズなどの簡単なつまみ。今日はかなり飲みたい気分らしい。

グラスを用意し、流しでライムを六つに切ってどんぶりの中に放り込んで運ぶ。

「ま。飲もう。乾杯」

「かんぱ〜い」

最初はビールで乾杯をし、タコスを頬張った。たっぷりの千切りキャベツとスパイシーな挽肉《ひきにく》にサルサソースがよく合う。かなり辛かったが、日本人の舌に合う味だ。夕飯は済ませたが、ぺろりと平らげる。

「そういやさ、高校の頃もバイトない日はよくタコス喰ったよな。あの頃結構めずらしくてさ」

「ああ。駅のところの店だろ。あそこまだあるらしいぞ」

「へ～。あのカタコトの日本語しゃべるメキシコ人、まだいるんだ」

懐かしい思い出に、目を細めた。何よりも金が大好きで貧乏はゴメンだが、常に金欠だった頃の思い出はなぜかいとおしい。

「それより大輔。お前、今日はなんでシルクの店に行ったんだ？」

「ん？」

菅原の反応を見て、ただ単に飲みに行っただけではないとわかった。おそらく、愚痴《ぐち》を零しに行ったのだろう。つまり、また誰かに悩み相談をされたか、秘密を告白されたということだ。

人望がある苦労性の男は、自分が抱えたものを吐き出しにシルクの店に行く。

「はは～ん、また誰かの秘密を背負わされて悶々《もんもん》としてるんだろう」

菅原の表情がこわばった。図星だな、と流し目を送ってからかうと、気まずそうな顔をしてビールを飲み干したあと、今度はジンに手を伸ばす。ロックアイスとライムをグラスに放り込み、どぼどぼと酒を注いで指で掻き回した。

その様子から、かなり重い相談だったとわかる。

「そういや草野球ん時も、打ち上げで相手チームの奴の相談に乗ってたもんな」

「ああ、あれか。お袋さんが整形に嵌《は》まったらしくて、段々顔が変わっていくんだと。親父さんが早く亡くなって女手一つで育ててくれたから人生楽しんでほしいけど、複雑なんだとさ」

「まぁ、気持ちはわかる。で？　今度は誰に相談持ちかけられたんだ？」

「部長」

「――ぶ！」

思わずビールを吹きそうになり、ムッとされた。

「笑うな。これでうちの部署の上司全員ぶん、秘密を抱えたことになったんだぞ」

昔から人望が厚いとはいえ、常軌《じょうき》を逸《いっ》している。

「で？　部長、なんだって？」

「娘に女の恋人がいるんだと」

「衝撃だな」

「ああ」

がっくりと肩を落とす菅原を見て、苦笑いした。

部長とやらも、何も同じ会社の部下にそんなディープな相談をしなくてもいいだろうと思うが、それが菅原の魅力でもあるのだ。他人を信用させる何か。この男は裏切ることはないと思わせる何かを、菅原は持っている。

「それで、なんだって？」

詳しく話を聞くと、どうやら以前から菅原に目をかけていて、自分の娘が菅原のような男を連れてきてはくれまいかと常々思っていたらしい。しかし、なかなか結婚に興味を示さない娘をおかしく思って、不倫でもしているのではと探偵を雇って娘の身辺を調べたというのだ。すると、女の恋人がいるという報告を受け、本人に確かめたところあっさりと認めた。さらに、娘は探偵を使って自分を調べた父親を許さないと言って、何ヶ月も口をきいてくれないという。

男泣きしながら、たまりにたまった悩みを口にする姿を見ていると放っておけず、酔い潰れるまでつき合ったのち、自宅まできちんと送り届けたのが一週間前。

だが、それがいけなかったようだ。

そんな菅原をますます気に入り、思いつめた部長は翌日、お前なら娘を変えられるかもしれないなどと言い、娘に男のよさをわからせてやってくれと交際を迫ってきたというのだ。交際も何も男に興味がない娘に部下をあてがおうなんて、よほど切羽詰《せっぱつ》まっていたのだろう。

「いくらなんでも、探偵使ったのはまずかったな」

「親ってそんなもんだろう」

「だけど、お前も本当に苦労性だな。そういや、カツラをカミングアウトされたこともあったよな。あれは専務だっけ?」

「ああ。専務のカツラはまだ極秘事項だ」

「居酒屋で見知らぬおっさんに会社の金着服《ちゃくふく》したって打ち明けられたのは、去年だったよな」

「あん時は、自首を勧めといた」

思い出したのか、悩ましいため息を漏らす。

「くそ～。なんで俺ばっかりこんな目に遭《あ》うんだ～」

頭を抱えて苦悩する菅原を見ていると、さすがに気の毒になってきて、やけくそ気味に酒を呷る菅原のグラスにジンを注ぎ足してやり、自分もロックを作る。

「お前は人望がありすぎるんだよ。大体なぁ、上司どころかたまたま居合わせたおっさんにまで秘密を打ち明けられるなんて、お前くらいなんだよ」

「それを言うな」

「だけどまぁ、俺らもそろそろ結婚話が出る歳なんだな」

なんとなくつぶやいただけだが、菅原は思いのほか喰いついてきた。

「ガク、もしかして結婚する気か？」

「は？」

「そろそろ結婚なんて言い出すから。まさか、相手がいるなんて……」

「ばぁ～か。俺がそんなもんに興味持つわけねーだろ」

家族を養う甲斐性が、自分にあるとは思えなかった。貯金を崩してもつき合ったり結婚したりしたい相手というのは、いまだに現れない。それどころか、好きな女がいた記憶もほとんどないのだ。

「俺はもう結婚は無理だよ。大輔ががんばれ」

「なんで俺なんだよ。まだ二十八だぞ」

また菅原のグラスが空になった。

「シルクはあんなだからな、結婚なんて問題外だし、俺もこんなだし。俺ら三人の中で結婚する可能性があるのって、大輔くらいだろ」

菅原は、なぜか嫌そうな顔をしてみせた。

瀬木谷たちからすると、普通の結婚をして家庭を築く可能性が一番高い菅原のほうが、羨ましがられる立場だ。一番、まともで幸せな人生を過ごせるというのに、なぜそんな顔をするのかわからない。

「俺だけ家庭に収まって、お前らはこれからも仲良く飲むのか」

寂しそうにボソリとつぶやいた菅原は、またグラスを空にした。手酌《てじゃく》でジンを注いで氷とライムを足す。

「なんだよ急に」

「俺だってな、結婚は面倒だ。なんで家庭に収まるのが当然なんだよ。大体なぁ、お前らは気まますぎるんだ。シルクだって昔は渋キャラだったたってのに、カミングアウトしたあとは弾けやがって」

「本当の自分を解放したんだろ。お前も何か隠してるなら、本当の自分を解放したら？　常識捨てると楽になるぞ」

「簡単に言うな」

どんどん酒は進み、あっという間にボトルは空になった。二本目の封を開けたところで、少し呂律《ろれつ》が怪しくなってくる。かなり酔いが回ったようだ。部長のディープな悩みを聞いて、さすがに飲まずにはいられないのだろう。明日も仕事だが、今日はとことんつき合ってやろうと思い、自分もお代わりを注ぐ。

「ま。お前が結婚しないならしないで、ご祝儀や出産祝い包む必要なくなるからな。あ、それいいかも」

「包むつもりあったのか？」

信じられないとばかりの顔をする菅原に、瀬木谷は苦い顔をしてつめ寄った。

「当たり前だろ。お前、俺がどんだけケチだと思ってたんだよ」

「銀行の残高増えたの見てニヤニヤするような奴だぞ。包むと思うほうが不自然だ」

相当な言われようだと思うが、これまでの自分の言動からするとそれも当然だという気がしてきた。親友にまでそんな台詞を吐かせてしまうなんて、少しは反省すべきなのかもしれない。

「だけどお前って、本当に金が好きだよな」

「好きで悪いか。俺は金と結婚するぞー」

「お前が言うと洒落になんねぇ。金のためなら本当になんでもやりそうだな」

「諭吉のためならキスくらいできるぞ」

「じゃあ、一万払ってやるからやってみろ」

瀬木谷の守銭奴ぶりを測ろうとしているのか、菅原は軽く身を乗り出してじっと目を見つめてくる。

飲み会の席で男同士キスしてみせるなんて、よく聞く話だ。しかも、相手が菅原ならそのハードルはグッと下がる。とはいえ、突然のことに少々身構えてしまう。

「なんだよ急に」

「常識捨てると楽になるっつったのは、ガクだぞ」

そんな言葉にいちいち反応していたなんて、驚きだった。つまり、菅原にも解放したい自分というものがあるということなのか――。

どちらにしろ、相当思いつめているのだろうと思い、それなら何かのきっかけになるかもしれないと、ひと肌脱いでやることにする。

「よし、顔貸せ」

言うなり、身を乗り出した。

ちゅ。

唇が軽く触れるだけのバードキス。どうだ、とばかりに見下ろしてやり、手を出して催促する。

「ほら、一万よこせ」

少し照れ臭く、わざとそんな言い方をすると、菅原はなぜか急に怒り出した。

「お前は金のために自分を売るのか！」

「何急に怒ってんだよ。大体、大輔が言い出したんだろ。金で俺の唇を奪おうとしたお前に言われたかない」

「ガク。お前まさか他でもやってんじゃねぇか？」

疑い深い目を向けられ、なぜそんな話になるのかとムッとする。

「阿呆か。男とキスしたのなんて初めてだよ。そもそも一万払うからキスしてみせろなんて、お前以外誰が言うんだよ。ほら、金よこせ」

「いいや、信じられねぇな。今まで何人とキスしてきた？　この守銭奴。そうやってちょっと唇当てて、金要求してきたんだろ」

「言いがかりだ」

「黙れ」

両手で顔を摑まれ、嚙みつくような激しさで口づけられる。

「――ぅん……っ！」

思わず目を閉じたのが、いけなかった。

舌そのものが生き物であるかのような激しさで、口内を蹂躙《じゅうりん》される。唇を強く吸われ、ついばまれ、再び嚙みつくように深く口づけられた。

逃げようにも、顔はしっかりと摑まれて身動きが取れない。

さらに、親指を嚙まされて口を閉じることができなくなり、傍若無人《ぼうじゃくぶじん》に振る舞う菅原の舌はさらに大胆になっていった。

「ん……、ぅん……っ、……んんっ、……ぁ……む、……ん、……はぁ……」

次第に取り込まれていき、瀬木谷は甘い吐息を漏らしていた。腰が蕩《とろ》けたようになり、愛撫《あいぶ》のようなキスをしてくる菅原に身を任せる。

目眩《めまい》がした。

キス一つでこれほど相手を蕩けさせることができるものなのかと驚き、溺《おぼ》れ、いとも簡単に流される。

唇がこんなに感じているなんて、信じられなかった。どうかしていると思いながらも、抗《あらが》うことができず、それどころか服従してしまう。

ようやく嵐のようなキスが終わると、瀬木谷はゆっくりと目を開けた。飛び込んでくるのは、怒ったような菅原の顔だ。

「あ……」

三人の中で一番常識的だったはずの男がこんなキスをするなんて信じられず、思考は止まったままだ。しかし、そんな悠長なことを言っている場合ではないと気がつく。

(こ、こいつマジだ……)

さすがに悪ノリしすぎたかと思い、テーブルを見ると、いつの間にかジンの瓶は二本空になっていた。三本目はまだ開けたばかりだが、菅原のほうが速いペースだったことを考えると、かなり深酔いしているとわかる。

(飲ませ、すぎたか……?)

少しは気持ちが楽になるかと思ったが、さすがに限度を超えていたかもしれない。危機感を抱き、後退りした。けれども、今さら気づいたところでもう遅い。

「一万くらい出してやるよ」

スラックスのポケットから長財布を出した菅原は、一万円札を取り出してちゃぶ台の上に置いた。そのまま財布を投げて放り、続きとばかりに迫ってくる。

「ちょ……、……たん……ま。……も……しただろう。お、……落ち着け」

「金払うっつってんだろうが。一万ぶんたっぷりしてやる。観念しろ」

その言い方が、妙にいやらしく感じた。

菅原と言えば『娘を持つお父さんたちの理想の婿さんキャラ』といったタイプで、真面目すぎでもなければ遊びすぎでもない、バランスの取れた魅力を持つ男というイメージだった。

もし、自分が女だったら、結婚相手に選ぶのは間違いなく菅原だろう。

だが、そんな男が、獣の片鱗を見せたのだ。しかも、かなり危険な匂いを放っている。有無を言わさず奪い、欲しいものを手に入れる——そんな危険な男の表情だ。

妙に驚き、半ば思考が停止した状態で追いつめられた瀬木谷は、ラグの上に押し倒されて上から見下ろされていた。なぜこんな状態になるまで何もしなかったのだと後悔するが、逃げるなんて余裕がなかったのも事実だ。ただ、成り行きに身を任せる。

「常識捨ててやる」

そう言った菅原の目は、据《す》わっていた。


瀬木谷はラグの上に押し倒され、菅原にのし掛かられたまま口内を蹂躙されていた。

「ぁ……む、ぅん……、んっ……、んぁっ、……は……、……ん……、……ふ」

一度覚えたキスの味は恐ろしく甘美で、麻薬のようだった。駄目だ駄目だと自分に言い聞かせ、理性を利かせようとしても、応えることをやめられない。腰と腰が密着しているのもいけない。もどかしい刺激を与えられることで、欲望が目覚めてしまう。

「ぅう……ん、んんっ、んっ、んっ、……んぁ、……ぁ……ふ」

手が、スラックスの中心に伸びてきたのがわかった。なんとか押しとどめようとするが、あっさりとその手を払われ、ファスナーを下ろされる。手が中に忍び込んできて、下着の上から中心を握られた。なぜこんなことになったのかと自問しながら、快楽に溺れまいと必死で自制心を働かせようとする。

「お、おい……、……待……っ、……うん……っ、ちょっと待……っ、――んん……っ」

抗議の言葉は、菅原の唇の下に消えた。

どんなに宥《なだ》めても、一度欲望に火がついた獣を思い止まらせることはそう容易ではない。獣じみた息遣いを耳許で聞かされ、考える余裕は失われていく。

しかも、もうキスの段階を越えており、そのことも瀬木谷を動揺させていた。

自分の股間をまさぐっているのが菅原の手だと思うと、ますます感度は上がる。自分が硬くしているのを知られているのが、たまらなく恥ずかしいのだ。

中心を握っているのは男なのに、菅原なのに、なぜ反応してしまうのか――。

いや、相手が菅原だからこそ感じてしまうのかもしれない。

「……大輔……っ、おま……、本当にこんなこと、して……っ、……ぁ……っ」

「なんだよ？」

「――っ！」

菅原の顔を見てしまい、後悔した。

自分を見る目が、怖かった。思いつめた目だ。

けれども、同時にゾクリとするような色を帯びている。魅力的と言ってしまいたくはないが、明らかにそんなものを感じてしまっていた。まさか、この菅原が本当にこんなことをするなんて信じられず、そんな思いが瀬木谷の戸惑いをより大きくする。

「本当に、やめ……てくれ……っ、……頼む、から……っ」

恥を忍んで懇願したが、無駄だった。

「今さらやめられるか」

一蹴され、ますます羞恥心は大きくなる。

強引に迫ってくる菅原は、やたら色っぽかった。十年以上のつき合いだが、こんな菅原を見るのは初めてで、これほど危険な顔をする男だったのかと驚き、同時にただ自分が知らなかっただけだと気づかされる。けれども、知らなくて当然だ。二十年経とうが三十年経とうが、男同士である以上、こんな表情を見ることは決してない。それなのに、なぜ今自分は、絶対に見るはずのなかった菅原の牡《おす》の顔を見ているのだろうと思う。

間違いだ。こんなことは間違いだと自分に言い聞かせるが、そんな瀬木谷を嘲笑《あざわら》うかのように行為は倒錯《とうさく》めいた色を帯びていく。

「イイ顔見せろよ」

菅原はそう言って、ジンの入ったグラスに指を浸して瀬木谷の中心を握った。擦り上げながら、先端の小さな切れ目に酒で濡れた指をねじ込んでくる。

(嘘、だろ……)

信じられない光景だった。無骨《ぶこつ》な指が、危険な愛撫を自分に施そうとしている。

「何、す……っ、……ぅん……っ」

抗議の言葉を口にするたび、キスで黙らされる。

「こっからでも、アルコールを摂取できるって知ってたか?」

「——痛ぅ……っ、……ば、馬鹿……っ、……やめ、ろ……っ」

もがくが、完全に組み敷かれた状態のため逃げることなどできない。再びグラスに指を突っ込み、さらに強引に指をねじ込んできた。ジンと熱くなり、痛みか熱かわからないものに包まれる。

「萎《な》えねぇってことは、イイってことだよな」

「いい加減に、しろって……っ」

「金のためなら、なんでもやるんだろ?」

怒っているような言い方に、抵抗する力を奪われた。金でなんでもやると言ったが、さすがにここまで要求されるなんて思うはずがない。けれども、キスをしてみせたのは事実だ。たったあれだけと思ったのが、間違いだったとでもいうのか。

「おい……っ、……本気で……っ」

「当たり前だ」

酒の匂いをさせながら容赦なく躰を弄《いじ》り回す菅原は、もう自分の知っている菅原でないと痛感した。人望がある苦労性の菅原は、今はどこにもいない。

「う……っく、……」

「そういや、お前、女とどんくらいつき合ったんだ？」

「な、何急に……」

「金にしか興味ないお前の女経験について、知っとこうと思ってな」

童貞ではないが、たいした経験はない。今までそれに不満はなかったが、この獣と化した男に聞かれると、経験不足が妙に恥ずかしい気がした。

「お前、金にしか興味なかったもんな。女経験なんてあんまりねぇだろ。俺が教えてやるよ」

「……っ！」

顔が真っ赤になったのが、自分でもわかった。見抜かれていたからだ。

尿道からアルコールが入ってしまったのか、中心からじわじわと熱くなり、目眩がした。まるで火を放たれたかのように下半身は熱く、溶け出してしまいそうだ。蕩けるような甘美なものに包まれ、侵食されていく。

「はぁ……っ、……っ、……大輔……っ、……も……」

「どんな感じだ？」

「どんなって……っ」

「どんな感じなんだよ」

言え、とばかりに強い口調で問いつめられ、瀬木谷はやめてくれと目で懇願しながら切れ切れの息を吐いた。視界が涙で揺れる。

「変、だ……、変……だから……、も……やめ……」

「どんなふうに変なんだよ」

「わか……ら、……な……ぁ……っ、……はぁ……っ」

頼むからもう許してくれ……、と心の中で訴えるが、瀬木谷の声が届く気配はなかった。一度火のついた獣は、目的を果たすまで収まることはないのかもしれない。そう思うと、ますます危機感は募った。

「焼けそうなのか？　それとも蕩けそうなのか？　もどかしいのか？　それとも、もっと別の感覚なのか？」

「だから……っ、……わから、な……って……、言って……だろ、も……、いい加減……」

もう限界だった。出してしまいたい。躰の芯の辺りでうねり、渦巻《うずま》くマグマのような灼熱を出してしまいたかった。解放されることを望んでしまうが、それだけは避けたくて必死で堪《こら》える。しかし、すぐに瀬木谷の努力など菅原の前には無力だと証明される。

「いい顔してるぞ、ガク」

「——ぁあ……っ！」

我慢できなくなり、迫り上がってくるものに身を任せた。ぶるぶるっと下半身が震え、自分を解き放ってしまう。

「あ……」

放たれた白濁は、菅原の手の中だった。見慣れた手に自分が漏らしたものを零してしまった恥ずかしさと言ったら、言葉にならない。

「たまってんじゃねぇか」

「……っ」

「これで終わりと思うなよ」

「おい……っ」

うつ伏せにされ、マウンティングの姿勢を取らされる。いきなりぶち込む気かと慌てて抵抗するが、そんな瀬木谷を見下ろしながら菅原は嗤った。

「挿《い》れねぇよ」

なんて言い方だと思った。そして、なんて悪い顔をするのだろうとも思った。悪人だ。相手のことなど、これっぽっちも考えていない。けれども、魅力的な表情でもあった。こんな顔をする相手になら、従っていいかもしれないなんて思ってしまう。

「挟むだけだ」

恥ずかしげもなくそんな台詞を口にできる菅原に、これ以上抵抗しても無駄だと諦め、求められるまま自分を差し出す。

菅原は、瀬木谷が放ったものを自分の屹立《きつりつ》に塗り、あてがってきた。耳まで熱くなるのがわかり、きつく目を閉じる。

「なんだよ、そんなに恥ずかしいか」

「――ぁ……っ」

唇の間から漏れた声は、耳を塞ぎたくなるほど甘いものだった。足のつけ根に挟まされて、ゆっくりと擦られる。白濁を塗り込まれているからか、そこはべとべとになっていた。だが、不快かというとそうではない。卑猥《ひわい》で、汚されていると感じた。物理的な意味ではない。精神的に、菅原の色に染められていく。服従させられる。

「んぁ……、……っく、……ぅ……っく」

挿入などしてなくても、本当に繋がっているような気がして、たまらなかった。どんなふうに腰を動かすのか、ダイレクトに伝わってくる。

なんて腰使いをするのだろうと思った。縋《すが》るものを探してしまい、ラグの上に置いた拳をきつく握り締める。

もどかしかった。菅原の屹立が裏筋に当たり、手で握られる以上の快楽を注いでくる。刺激が十分でないため、躰は常に欲求不満のようになり、貪欲さを見せる。

「あ、……は……っ、……っく」

声を漏らすまいと唇を噛んだが、無駄だった。唇の間から次々と溢れるのは、瀬木谷の本音だ。どんなに言葉で否定しようとも、声がこの行為を肯定している。さらなる愉悦を欲しがって濡れている。

「ガク……、……もっと、……尻……突き出せよ」

促され、そんな必要などないのになぜか素直に従った。力でなく、心で征服されているということなのか。

繋がっていなくてよかったと思った。もし、本当に挿入されていたら、こんな腰使いで突き上げられたら、きっと男のままではいられなくなる。

「……っく、……んぁ……」

無言で、だが逞しく前後に揺らす菅原の腰つきに、瀬木谷はより深く溺れていった。

こんなふうにセックスするのだ。こんなふうに、女を抱くのだ。そう思うと自分が女になったような気分になり、羞恥心はピークに達した。

「も……、……頼むから……」

「イきてぇか」

「……っ……き……た……、……い……っ、……ンァァア…」

いきなりリズミカルに腰を打ちつけられ、強引に高みに連れて行かれる。甘い戦慄《せんりつ》が急激に迫り上がってきて、瀬木谷は全身をわななかせながらそれに身を任せた。最後にびくん、と大きく躰を震わせて白濁を放つ。

「――っく！」

耳許で聞かされるくぐもった声に、菅原もほぼ同時に射精したとわかった。見ると、ラグの上にはドロリとした白い液体が零れている。微《かす》かに鼻を掠《かす》めたのは、獣の匂いだ。

「一万取るなら、これくらいさせてくんねぇとな」

うなじに唇を押し当てられたままつぶやかれ、射精の余韻を残した瀬木谷の躰はピクリと小さく跳ねた。余韻はいつまでも消えてくれず、力尽きるようにうつ伏せになったまま身を放り出す。

とんでもないことをしてしまった――そんな思いが、瀬木谷から言葉を奪う。

菅原が後始末をする気配がすると、瀬木谷もゆっくりと身を起こして無言で汚したものを拭き始めた。

なぜ、こんなことになった。

瀬木谷は、会社のデスクで頭を抱えていた。間違いを犯した翌日、起きると菅原はいなかった。黙って出ていくのも当然だ。

あれから二週間が過ぎたが、菅原とは連絡を取っていない。

（て、手コキ……、……素股……っ）

打ち消しても、すぐに蘇ってくる。欲情した菅原の目。男っぽく、動物じみた息遣い。押し殺した声もいけない。悪いことをする時の菅原の声は少ししゃがれていて、妙に男臭かった。

欲望をコントロールしようとしながらも、完全に理性で自分を抑え込むことができずにいる様子が伝わってきて、自分たちがいかに危ない遊びに興じているのか思い知らされた。

そして、あっさりと流されてしまった原因を思い出し、苦悩する。

（大体、キス上手すぎなんだよ）

やはり、あれが一番悪かった。爽《さわ》やかなスポーツマンを装って、あんな腰砕けになるようなキスをするなんて反則だ。キスだけでいとも簡単にあそこまで理性を溶かすなんて、いったいどんな経験をしてきたのだろうと思う。菅原のすべてを知っていたなんて思っていないが、自分が想像する以上の素顔を隠し持っているのかもしれない。

「瀬木谷さん。今いいですか？」

「え？　ああ、ごめん。何？」

別の部署の社員に声をかけられ、物思いに耽《ふけ》っていた瀬木谷は顔を上げた。彼はウェブデザインを担当する部署のチーフで、瀬木谷たちバイヤーが仕入れた商品をいかに魅力的に見せるか、日々努力をしている。

手にしているのはタブレット端末に映し出されたウェブデザインで、サイトでも人気のカテゴリに入る比較的高級な品物を揃えた『プレミアム』のページ見本だ。

「この前の会議で集めた意見を反映させてみました。ちょっと見てもらっていいですか？」

「ああ」

高級ファブリックの老舗《しにせ》メーカーの生地を使ったクッションやマルチカバー、セミオーダーカーテンなど、ゴージャスな品揃えになっている。クッション一つに一万円以上払うなんて、瀬木谷にとっては狂気の沙汰《さた》だが、インテリアに興味のある女性にはたまらないらしく、この部門は売り上げを伸ばしていた。流行を見極めるのも大切だが、根強い人気のクラシックなデザインのものも一定のニーズがある。

特に節電の意識が高まり始めた頃から、気密性の高い輸入住宅も人気が出てきているため、それに伴いリプロダクトの家具やそういったデザインのものに似合うファブリック類の需要も増えているのだ。

「ここまで絞り込んだんですけど、迷ってるんですよね」

カーテンの素材や質、手触りまで伝わるような表示の仕方に加え、イメージが湧きやすいよう家具を置いた状態で展示している写真もあった。

「写真単体で見るとこっちの写真だと思うけど、こうして重厚感のある家具と一緒に写すとこちらのデザインのほうが見栄えがいい気がするんです。実際に画面で見ると、こちらのほうが見やすいですし」

「そうだな。ちょっと待って」

瀬木谷は自分のパソコンで購入者のデータを出した。どの商品をどんな層の客が購入したのかが、一目でわかるようになっている。また、一つの商品に対して、他にどんな商品を購入しているかランキングでも見られるようになっていた。

この蓄積されたデータは社外持ち出し禁止になっていて、年齢別にしたりして目的ごとにデータを集計して見られるため、かなり役に立つ。

「うちのお客さんだと、この商品を買った人ってインテリアは大体この辺りのものを買ってるんだよな」

「だったら、やっぱり重厚感を優先したほうがいいですよね」

「うん。印象って大事だから俺はこっちかな。ただ文字のインパクトがな」

「それはデザインでもう一度なんとかしてみます」

「大丈夫?」

「はい。とりあえずこの文字を抜いてみて……、あ、やっぱり入れたほうがいいか」

「その売り文句は欲しいけどな。いい煽《あお》りになると思うし」

「じゃあ入れましょうか。別のところに入れてもいいです?」

その言葉に記憶が呼び起こされたのか、菅原の声が耳許で聞こえた気がした。

『挿れねぇよ』

挿入されるかもしれないと身構えた時に言われた台詞だ。

せっかく仕事モードに切り替わったところだったのに、またあの夜のことを思い出してしまい、顔が火照《ほて》る。収まれ収まれ……、と念じながら、なんとか平常心を保とうとするが、一度失うと取り戻すのはなかなか難しい。

「どうかしたんですか?」

「あ、いや。別に。とりあえず場所は変えていいから、この売り文句は削除しない方針で」

「はい。わかりました」

彼はそう言ったあと、瀬木谷を気づかうように聞いてくる。

「瀬木谷さん、ここ最近、考えごとが多いですよね」

「え……、そ、そうか?」

心臓が大きく跳ねた。はは……、と乾いた笑みを漏らし、視線を逸《そ》らす。

「最近、瀬木谷バイヤーの様子がおかしいって噂ですよ。うちの部署の女の子が心配してました。モテる男はいいですね。俺なんかどんなに悩んでも、誰も心配してくれないんですから」

「はは、そんなことないだろう」

「仕事をする場所でモテようとしてるところがすでに駄目ですかね。瀬木谷さんはそういうところ全然見せないから……」

女に興味がないぶんガツガツもしていないため、瀬木谷は日頃から女子社員の注目を集めている。苦悩する男の姿は、魅力的に映るようだ。けれども、その悩みが親友とイケナイ遊びに興じてしまったことだとは、誰も思っていないだろう。

「じゃあ、ご意見ありがとうございました」

「いや。俺の意見が参考になれば、いつでも来てくれ」

話が終わると、瀬木谷はオフィスを出て休憩室に飲み物を買いに行った。自動販売機でお茶を購入し、椅子に座ってまた考え込む。

（あの『娘を持つお父さんの理想の婿さんキャラ』が、あんなことするなんて思うか、普通）

予想に反して、菅原はものすごくすけべだった。元野球部でスポーツマンは硬派だという、思い込みによる油断があったのかもしれない。男に、しかも親友に手を出すなんて思っていなかったし、あんなに恥ずかしい台詞を吐く男だなんて思っていなかった。

さらに、屹立の先端の小さな切れ目に、指をねじ込むようにして愛撫されたことを思い出し、ますます混乱する。

(あ、あいつの指が……あんなところに……)

深く項垂《うなだ》れ、一人羞恥に耐える。

微かな痛みとともに感じたもどかしさ。あんなところにあんなことをされたのは、生まれて初めてだった。しかし、よくよく考えてみると自分なんかより経験を積んでいて当然だ。女より金にしか興味を持ってこなかったため、瀬木谷はモテる割にたいした経験はない。

それでいいと思っていたし、これからもそうだと思っていた。

だが、ああやって菅原の男の部分を見せられると、自分がいかに経験不足なのか思い知らされる。そして、あんなむっつりすけべだったのかと、これまで気にも留めなかった親友の性欲について意識させられる。

(反則だぞ……)

屹立を握られ、さらには素股までさせられた。さすがに最後まですることはなかったが、女の立場で組み敷かれて擬似的なセックスをしたことは、事実だ。あんなふうに女を抱くのだなと、また余計なことを考えてしまい、袋小路に嵌まる。

いつまでも頭から離れない。

「はぁ……」

ため息を漏らし、最後の手段とばかりに、瀬木谷は財布から一万円札を取り出してじっと眺めた。

(俺が好きなのは、お前だけだ)

まるで田舎に置いてきた恋人を思い出すように、その顔をじっと眺める。

一度心変わりをすると、どんなに気持ちを元の恋人に向けようとしても、心を熱くするのは難しくなる。気持ちとはそんなものだ。努力でどうにかなるものではない。

あんなに好きだった福沢諭吉が、ごく普通のおじさんにしか見えなくなってきた。以前なら、金が好きすぎてこの歴史上の人物に恋心に似た想いを抱いていたのだ。沢山《たくさん》の福沢諭吉に囲まれる想像で幸せになれたのに、この冷めた感情はいったいなんなのか。

おまけに、眺めているうちに諭吉の顔は菅原のそれにとって変わる。

「——っ！　な、なんであいつが出てくるんだ……っ」

慌てて、一万円札を財布にしまった。

自分にまともな恋愛は無理だとそうそうに諦め、異性と深いつき合いをしてこなかったぶん免疫がなく、こういったことで悩むのにも慣れていない。

(なんで、あんなことになったんだ……)

何度自問しようが、答えなど見つかるはずがない。

その時、携帯が鳴った。

『は〜い、ガクちゃん？　あ・た・し』

電話の主は、シルクだった。いやでも菅原を思い出さずにはいられない存在に、なぜ今電話をかけてくるのかと言いたくなる。

思えば、シルクの店が臨時休業になどなっていなければ、菅原とあんなことをせずに済んだかもしれない。そう思うと恨めしくなってきて、思わず冷たい態度を取ってしまう。

「なんだ橋之助。今忙しいんだよ。仕事中に電話してくんな」

『やだーもう、本名で呼ばないでよ！　なんでそんなに不機嫌なの〜』

何も知らないシルクの脳天気な声を聞いていると、ますます自分が直面している問題の深刻さを思い知らされるようだった。

菅原と、イケナイ遊びに興じてしまった。二人で、他人に言えないことをしてしまった。あまつさえ、感じてしまった。菅原の手を自分の放ったもので汚してしまった時の気持ちは、ひとことでは表せない。恥ずかしいなんてものではなかった。

忘れたい。だが、忘れられない。忘れたいと思うほど、記憶は鮮明になる。

最悪だ。

『最近、お店に来ないから寂しくなっちゃって。今日飲みに来ない？　安くするわよ』

「今日か?」

『大ちゃんも来るって』

菅原の名前が出てきて、ドキリとする。シルクが誘う時、必ず二人に声をかけるのは昔からだ。わかっていたことなのに、こうして実際にその名前を聞かされると動揺してしまう。

「あいつも、来るのか」

『いいじゃない。三人で飲みましょう』

どんな顔をしていいかわからなかったが、二人で会うより、シルクの店のほうがいいのかもしれない。あんなことをしてしまって、どんな顔をして会えばいいのかわからない瀬木谷にとって、シルクというクッションがいてくれるほうがいいような気がしてきた。

このままだと、お互い顔を合わせづらい。しかも、ずるずると互いを避けるようなことになるのは、不本意だ。あんなことをしてしまったとはいえ、菅原は大事な親友なのだ。一緒にいて楽しいし、この先もずっと酒を飲みながらくだらない話をする仲間でいたい。

これっきりというのだけは、ごめんだ。

「わかった。今日仕事が終わったら行くよ」

『や〜ん、嬉しい〜。じゃあ待ってるわね〜〜〜』

るん、と語尾につきそうな浮かれた響きを残し、シルクは電話を切った。気が重いような、なんとか仲直りできそうでホッとするような、複雑な気持ちになる。

しばらくスマートフォンの画面をぼんやりと眺める。

「瀬木谷君」

「えっ、あ、お疲れ様です」

商品管理部の部長に声をかけられ、瀬木谷は顔を上げた。

「休憩か？」

「喉が渇いたので、お茶でも飲もうかと。あと十五分くらいで出なきゃいけませんけど」

「あ、そうだ。山田原産業の靴。ものすごい売り上げだな。今も品薄状態だぞ。あれ、瀬木谷君が契約取って、うちが独占的に販売してるんだよな」

部長が言っているのは、見た目は靴だが、中に草履《ぞうり》のように鼻緒がついている商品だ。草履が履けないシーンでも履くことができ、立ち仕事や外周りで歩くことの多い女性向けに考案されたものだ。履き心地がよく、長時間立っても長距離を歩いても疲れないと人気になっている。

「無名のメーカーなので誰も見向きもしなかったそうなんですけど、健康ブームは廃《すた》れることないし売れると思ったんです。社長が誠実な人だったし、問題はデザインだったので無理言って何度もサンプル出し直してもらって……。うちの要望どおり努力してくれたおかげです」

「草履は指の間に挟んで歩くのが健康にいいらしいからなぁ。しかし、挟むだけで健康になれるなら、履いてみたくなるな」

『挟むだけだ』

また、菅原の声が脳裡《のうり》に浮かんだ。

(う……)

こんな会話ですら、記憶を呼び覚ます刺激になるのだ。重症と言っても過言ではない。

「ん？　どうした今日はなんだか体調が悪そうだな。大丈夫か？」

「いえ、絶好調ですよ、絶好調。ははは。あ、もうそろそろ出ないと」

「またいい商談してこいよ」

肩を叩かれ、頭を下げて休憩室をあとにする。

いっぱいいっぱいだった。


仕事を終えて『ヴィーナス』に向かったのは、午後八時を過ぎた頃だった。店に到着してもすぐにドアを開ける気になれず、しばらく行ったり来たりを繰り返す。

しかし、出産前の雌牛のようにハッテン場に近いオカマバーの前でそんなことをしている自分が情けなく、深呼吸してからドアに手をかけた。意を決して中に入ると、ノリのいい音楽が流れてくる。

「あら。ガクちゃ～ん。遅かったわね」

店はいつもどおりで、客もそこそこ入っていた。カウンターの中で陽気に手を振るシルクも相変わらずで、化粧もキャラも濃い。慣れ親しんだ場所だからか、なんとなくホッとした。

しかし、瀬木谷の視線はすぐにスツールに座っている大きな背中に移る。その姿を見ただけで心臓が大きく跳ね、落ち着かなくなった。リラックスした気持ちは再び固くなる。

普通にしようと思うが、どんな態度が普通なのか、すでにわからなくなっていた。

「よ。遅かったな」

「よ、よう」

さすがに菅原も気まずいらしい。振り返って軽く手を挙げたが、またすぐに前を向いてしまった。シルクの手前、いつもどおりの態度を装っているが、どこかぎこちない。

（いかん。普通にしろ、普通に）

自分に言い聞かせ、菅原の隣のスツールに腰を下ろした。

「とりあえずビール」

「は～い」

シルクが嬉しそうに返事をする。サーバーからグラスにビールを注ぐのをじっと見つめていたが、気持ちは隣に座る男に全部持っていかれる。何か言わねばと思って話題を探すが、何も浮かばなかった。浮かぶのは、獣の顔になった時の菅原やその手に握られた自分だった。

「大輔、元気だったか？」

「ああ」

元気だったかなんてことを今さら聞く仲ではなく、会話も続かずで、ますます堅くなった。

（俺は何を……）

目を合わせられなくて、出てきたビールに口をつけるとまた前をじっと見たまま硬直していた。菅原も同じらしく、シルクは怪訝《けげん》そうな顔で二人を交互に見る。鋭いシルクの視線に晒されていると、いたたまれなくなってきて逃げたくなった。けれどもそんなことをすれば、取り返しがつかないことになりそうで、なんでもないふりを続ける。必死だ。

「どうしちゃったの、二人とも」

「どうしたって、別に……な？　大輔」

同意を求める言葉をかけることすら、とんでもなく緊張した。

（なんだよ大輔。「な？」って言ってんだから反応しろよ）

せっかく必死で声をかけたのに無視されてしまい、ますます次の会話が見つけづらくなる。しかも、どんなに取り繕おうともシルクの目を誤魔化《ごまか》すことはできないようで、二人の様子が変だと気づいたらしく、何かあったと疑っている顔をしている。

「う〜ん。やっぱり二人とも変よ」

昔から他人の気持ちに敏感だったのだ。この空気に気づかないはずがない。頼むからそれ以上探らないでくれと思うが、シルクは意図してか、偶然なのか、二人の地雷ともいうべき話題に触れた。

「そういえばこの前、臨時休業だった時、二人で飲んだんでしょ？　楽しかった？」

菅原と目が合った。まともに顔を見てしまい、一気に平常心は崩れてしまう。脳裡にあの夜のことが蘇ってきて、心拍数は上がり、頭の中は混乱する。そのあまり、瀬木谷はなぜあんなことをしたのか、言い訳がましいことを口走っていた。

「楽しいも何も……っ、俺は……っ、あんなこと……っ、楽しいわけないだろ……っ」

「なんだと？」

「い、一万円くれるって言うからしたんだよ！」

まだ何をしたかまでシルクはわかっていないのに、自分からその事実を暴露《ばくろ》するように核心に迫ることを口走ってしまう。余計なことは言わなくていいと自分を宥めるが、無駄だった。

頭ではわかっているのに、止まらない。口が悪魔にでも取り憑《つ》かれたかのように、次々とあの夜のことについて暴露してしまうのだ。

「全部、金のためだ。俺は金しか好きじゃない」

「俺だってただの興味だよ。酒も入ってたし」

「興味の割に結構なことやってくれたじゃないか。へーへー、お前は興味であんなことまでするのか」

「元取るためだよ。てめぇの唇に一万円の価値があると思ってんのか？」

「最初に一万っつったのは大輔だろう。それに、キスだけじゃ終わらなかっただろうが。本当なら十万くらい払ってもらうところだ」

「何が十万だ、相変わらず守銭奴すぎるんだよ！」

一度言い合いを始めると止まらず、二人はその内容がありありとわかるような言い合いを始めてしまった。墓穴を掘り続ける二人を止める者はおらず、店内には男二人が自分たちの間違いの責任を押しつけ合っているという妙な構図ができあがる。ここがオカマバーでなければ、奇異の目で見られただろう。幸い、場所がら誰もが呆れつつもちょっとした痴話喧嘩《ちわげんか》だと気にも留めない。

「ちょっと、二人とも落ち着いて！」

我に返った時は、もう遅かった。感情的になり、ありとあらゆることを暴露し、墓穴を掘ってしまった。

「帰る。勘定頼む」

「大ちゃん……」

「明日も仕事早いんだよ。用事もあるしな」

そんなことはひとことも言っていなかったのに、菅原はレジに向かうと財布を取り出した。その様子から引き留めても無駄だとわかったのだろう。シルクはおとなしくレジに向かうと菅原の手からクレジットカードを受け取った。

「じゃあな」

支払を済ませた菅原は、明らかに不機嫌な顔で店をあとにする。シルクの店で飲んで、あんな顔をしたのは初めてだ。楽しく飲む場所だったはずなのに、こんなことになってしまって悲しい気分になる。

菅原が帰ってしまうと、シルクはカウンターに戻ってきてすまなそうな顔をした。

「ごめんなさい。あたしが騒いじゃったから」

「シルクのせいじゃないよ。俺らが勝手に喧嘩始めたんだろ」

ため息を零し、飲みかけのビールを呷る。苦い味は、まるで今の瀬木谷の気持ちを代弁しているかのようだ。シルクの視線が注がれているのがわかり、反省しているのだろうと思ったが、次に聞かされたのはしおらしい反省の言葉ではなく、興味津々の浮かれた声だった。

「ね。それで大ちゃんとはキスから先は、どこまでしたのよ？」

「――ぶ！」

反省しつつも、やはり興味は抑えきれないらしい。視線を上げると、キラキラ輝く目をしている。友情が崩壊する危機に面しているのに、脳天気な反応に頭が痛くなってきた。だが、ある意味、よかったとも言える。ここでシルクまで深刻な顔をしたら、立ち直れなかったかもしれない。

「お前、人生楽しそうだな」

「だって〜、どこまでしたのか知りたいんですもの〜」

思い出すまいとしても、目に焼きついた映像は消えることはない。

かなりのテクニシャンだった。しかも、酒に浸した指であそこを弄るなんて、想像の範《はん》疇《ちゅう》を超えている。あんなことをどこで学んだのか、聞いてみたい。

（あのエロガッパめ……。よくも今まで隠してやがったな）

てっきり常識的で人望のある男だと思っていただけに、男である自分相手にあれほどのことをしたなんていまだに信じられない。

ああいう一面があるなんて少しも感じさせなかっただけに、恨めしい気持ちになる。

「ねぇねぇ、二人で何したのよ？　教えて。まさか……最後まで行ったの？」

「最後までするか！　二人で……手コキして……、ちょっとそれがエスカレートしただけだよ」

最後のほうは、蚊の鳴くような小さな声で自分の犯した間違いを白状する。すると、シルクはそれまで抑えていた興味を爆発させた。鼻息を荒くしてカウンターの中から出てきて隣のスツールに座り、具体的なことを話せと迫ってくる。

「ねっ、よかった？　大ちゃんの手コキはよかったっ？　上手だったっ？」

「よかったも何も、そりゃもう……」

ははは……、と笑い、視線を逸らす。

よかったなんてものではなかった。あんな快感は初めてだった。肉体的な快楽という意味ではない。精神的な部分もかなり大きかった。親友で男同士というタブーのせいだろう。

獣じみた息遣いや欲情して挿れたがる菅原を思い出し、赤面した。男臭い色香。挿入しないと言いながらも、挿入したかのように逞しい腰つきで尻を打ちつけてきた。宥めるのが大変で、あれが菅原の牡の顔なのだと思うと、その色香を妙に意識してしまう。

（あ。やべ……）

あの時の感覚が蘇ってきて、思わず前屈みになっていた。反応するな……、と息子に念じるが、半勃ちの状態になったまま収まろうとしない。

「あら、やだ。思い出し勃起？」

「はっきり言うな！」

「よっぽどよかったのねぇ」

はぁ〜、と甘いため息をつくシルクを、前のめりになったまま視線だけを上げてチラリと見る。全然よくなかったと言いたいところだが、虚《むな》しい嘘をつくのも馬鹿らしくて否定はしない。

「いいわねぇ。大ちゃんの手コキ……あたしもこいてほしいわ～」

「お前な……」

オカマといえど、友達相手にそんな願望を抱くなと言いたいところだ。

「いいのよ、あたしはごついオカマだもん。いたずらしたくなる顔じゃないし」

「俺だって別にいたずらしたくなる顔はしてねぇだろう！」

「あら、そう？　あたし前から思ってたんだけど、大ちゃんとガクちゃん、二人とも高校の頃からイイ感じだったじゃない。特別感が漂ってたわ」

「何が特別感だ。いつも三人でつるんでただろうが」

「でも、大ちゃんったらガクちゃんが進学しないって決めてた時は、すごく残念そうだったもの。知らないだろうけど、ガクちゃんがいないところでも、ガクちゃんの進路のことあれこれ言ってたわよ。ガクちゃんのこと好きだったのよ。なんとなくそうじゃないかって思ってたけど、やっぱり当たってたのね」

そんなことは、まったく知らなかった。進路を決めた時のことを思い出し、懐かしさがこみ上げてくる。

就職するつもりだった瀬木谷が進学に切り替えたのは、菅原の言葉がきっかけだった。もともと三人で気ままな学生生活をもう少し続けたいという気持ちはあったが、菅原が瀬木谷の進学を望むようなことを言って奨学金のことを持ち出さなければ、諦めて就職していたかもしれない。あの菅原が、妙に寂しそうに瀬木谷の進路について話したのが、奨学金という借金を背負う決心をさせたのだ。

『そっか。やっぱ学費か』

これまで、幾度となく瀬木谷の脳裡に蘇った記憶。

グラウンドを眺めながら、自分の問題のようにポツリと零された菅原のあの言葉は、今もはっきり残っていた。いや、言葉以上に、あの時に見た菅原の横顔が、瀬木谷の心を動かしたのかもしれない。

なんともいえない色を浮かべ、どうにもならない現実を噛み締めているような顔をしていた。望みが叶わないことへの悔しさでも、自分の無力さに対する腹立たしさでもない、憂い。激しさはなくとも、心に滴《したた》り落ちる滴《しずく》のように、それはひたひたと静かに胸を叩く。そして長い時間をかけて染み出した菅原の気持ちは心に刻まれ、気がつけば穴が空いている。

その証拠に、いまだにこうしてあの時の菅原の横顔を思い出してしまうのだ。

だからこそ、すでに守銭奴の片鱗を覗《のぞ》かせていた瀬木谷に、あっさりと奨学金という借金を背負う覚悟をさせたのは間違いなかった。

今でも返済は続いているが、不思議と後悔をしたことは一度もない。

「ガクちゃんだって、奨学金を受ける決心したのは大ちゃんの存在が大きかったからなんじゃないの？　今までに一度だって、借金背負って後悔したなんてこと、ガクちゃんの口から聞いたことないもの。守銭奴のガクちゃんがよ？」

「そりゃ、大学出たおかげで給料のいい会社に就職できたんだ。結果オーライだからな。俺は現実を見てるだけだよ」

「あら。そんな意地っ張りなこと言って」

「それにな、あいつは大学に入ってすぐ女遊びに走っただろ。俺のこと好きなわけない」

「え……」

「ほら、大学一年の夏から二年の終わり頃までだよ。あいつ、タガが外れたように女作ってた時期があったよな。お前がカミングアウトしたあと」

忘れるものかと、恨みがましい目で過去を思い出す。

せっかく三人で同じ大学に受かったのに、自分だけさっさと彼女を作ってデート三昧《ざんまい》の日々を送っていたのだ。最初の女は二ヶ月で破綻《はたん》したが、一ヶ月も経たないうちに次の女を作った。

菅原経由でシルクの秘密を聞いていた瀬木谷は、同時に二人の親友が遠くに行った気がして寂しい気持ちになったのを覚えている。

あの時のことを思い出すと、なぜか怒りがこみ上げてきて不機嫌になる。

「あの野郎。真面目そうな顔して、あちこち手ぇ出しやがって」

「ガクちゃん。もしかして、それがどういうことかわかってないって言うの？」

「は？」

なんのことだと眉をひそめると、シルクはまるで未確認生物でも発見したような顔をした。

「んま〜〜〜〜っ。本当にわからないの？　カマトトぶってるだけなんじゃないのっ？　天然っ？　ガクちゃんって天然なのっ？」

信じられないとばかりに両手で口許を覆い、いやいやと首を横に振ってみせる。なぜそんなに大騒ぎしているのかさっぱりわからない。

「だからなんなんだよ！」

「ガクちゃんへの迸《ほとばし》る熱い欲望のやり場に困って、女に走ったんじゃないの〜〜〜〜っ。この期《ご》に及んで気づかないなんて信じられない。ガクちゃんの鈍感！　うすのろ禿《は》げ！　恋愛童貞！　コンコンチキのオカメチンコ！　チンコチンコチンコッ！」

意味不明な罵倒《ばとう》の仕方をされ、瀬木谷は何も言い返せなかった。カマトトぶるより悪い。こうやって説明されないとわからないなんて、大人の男としてどうかと思う。

「それに、あれはおそらく彼女じゃなくてセックスフレンドだわ」

「セックスフレンド？　あいつがか？」

「あら、大ちゃんって爽やかなスポーツマンを装ってるけど、案外えげつない男よ？　ガクちゃんの前でぶりっこしてるだけなんだから」

知らなかった。

いや、知らなかったのは、少し前までだ。確かにえげつないところはある。つい最近、身を以《もっ》て知った。

（うう……）

またあの夜のことを思い出して、前屈みになる。羞恥に耐えながら、瀬木谷は絞り出すように自分の苦悩を吐露《とろ》した。

「なんで俺と大輔なんだよ～」

「あたしは心が女だもん。大ちゃんとガクちゃんは正真正銘男同士じゃない」

「だったら心が女のお前のほうがあいつとどうこうなるだろう」

「わかってないわね。男同士だからこそ禁断の愛が芽生えるのよ！　ああ～ん。あたしのことを大ちゃんとガクちゃんで奪い合ってほしかったのにぃ～～～っ。どうしてあんたたち、ホモの道に行っちゃうのよ！　二人だけでずるいわ！」

ずるいと言いながら、二人の怪しい関係を喜んでいる節もある無責任なシルクに、さらに頭を抱える。問題の解決に、一役買ってくれるどころか煽りそうだ。

「こうなったらとことん応援するわ。いつ他の女に持ってかれるか心配だったけど、二人がホモになったら一生安泰《あんたい》よ～」

「他人事だと思って」

「大ちゃんったら、ガクちゃんにどんな欲望を抱えてるのかしら。きっとすごくエッチよ。あたしね、前から大ちゃんってかなりのどすけべだと思ってたの。いるのよね、人望があって爽やかなスポーツマンだけど、夜になると豹変する野獣みたいな男。普段はしたたかに隠してるけど、そういう男が一番危険なの。大ちゃんって、まさにそんなタイプ。お道具使って相手を平気で泣かせたりするのよ～～」

「や、やめろ～～～～」

リアルな想像に襲われ、瀬木谷は両手で耳を塞いでカウンターにうつ伏せた。けれども、妄想機関車は止まらない。うっとりと頬を染めながら、突き進む。

「鬼畜《きちく》な大ちゃんかぁ～。素敵。あの顔と声でサディスティックな命令されたら……。あらやだ。カウパー出ちゃう～～っ！」

嬉しそうに騒ぎ立てるシルクに、瀬木谷は頭を抱えることしかできなかった。

菅原が、大真面目な顔をしていた。思いつめたような目をしており、怖いが、どこか魅力的にも見えてそんな自分が信じられなかった。

思わず身構え、唾を呑《の》む。

「ガク」

名前を呼ばれただけなのに、躰がジンと熱くなった。貫《つらぬ》くような視線に、ジリジリと後退りする。親友だと思っていた男に、こんなふうに追いつめられるなんて思っていなかった。男のプライドが疼くが、それ以上に迫り来る危険から逃れたいという動物的本能が働く。

「おい、お前何そんな怖い顔……」

「俺はな、迸る熱い欲望のやり場に困って、女に走ったんだ」

いきなり何を言い出すのかと思うが、菅原は真剣そのものだ。本気だとわかる。

「ちょっと待て。何馬鹿なこと言って……」

「俺の言ってる意味がわかんねぇか？」

「わかるも何も、ちょっと落ち着けって」

「この期に及んで気づかないなんて信じらんねぇな、この鈍感。うすのろ禿げ。恋愛童貞。コンコンチキのオカメチンコ。チンコチンコチンコ。ガクのチンコが見てぇ」

「――っ！」

およそ菅原らしからぬ言葉が飛び出し、瀬木谷は言葉が出なかった。視線を下に移すと、手に鞭《むち》を持っていることに気づいて青ざめる。そんな瀬木谷を見て、菅原は舌先をチラリと見せて唇の端を舐めると、さも愉しげに笑った。

悪い男の顔だ。何をしでかすかわからない。常識など通じそうにない表情だ。

「俺は案外えげつない男だ。ガクの前でぶりっこしてただけだよ。覚悟しろ」

ほくそ笑みながら近づいてくる菅原に、瀬木谷は自分が無力な小動物になったような気持ちで助けを求めた。


「——ちょっと待ってくれ～～～～～……っ！」

闇にすごい声が響き、瀬木谷は目を見開いた。しばらく呆然《ぼうぜん》としていたが、自分の部屋のベッドだと気づいて、心底安堵《あんど》した。ハードディスクレコーダーのデジタル表示を見ると、夜中の二時を過ぎている。

「ゆ、夢か……」

心臓がものすごい勢いで跳ねていた。まるで全力疾走したあとのように、背中に汗も掻いている。しかも、股間のものがしっかりと反応していた。

「朝勃ち……とは違うよな」

中学生くらいの頃は、いやらしい夢を見ることも多かったが、この歳になってまさか夢に刺激されて中心を硬くするとは思っていなかった。夢の中で菅原が口にした台詞の内容から、シルクの妄想が大きく影響したと言える。

すぐに寝られそうになく、瀬木谷はベッドから這い出してベランダに出た。風がひんやりしていて、頭がすっきりする。手すりに腕をかけ、自分の住んでいる街を眺めた。

夜中だが、完全な闇を探すほうが難しく、外灯や部屋の窓から漏れる明かり、そしてコンビニエンスストアなどの店の看板の明かりが見える。

（なんであんなことになったんだろ……）

深々とため息をつき、大事な親友とこんなふうになったことを憂う。

「馬鹿なこと言うんじゃなかった」

瀬木谷は、後悔の念に襲われていた。

酒が入っていたとはいえ、金のためならキスくらいできるなんて本当に馬鹿なことを言ったものだ。軽いノリで言ったつもりだったが、あんなことになってしまった。

けれども、何もあそこまで怒ることはないだろうという気持ちもある。

たかがキスだ。飲み会の席でふざけて男同士キスをしているのを見たこともあるし、あの場はそういうノリが許されるシーンだったはずだ。それまで、多少の悪ふざけなど笑い飛ばすような、陽気な雰囲気だった。

『お前は金のために自分を売るのか！』

菅原がキレた瞬間に放った言葉が、脳裡に浮かんだ。そして、堰《せき》を切ったかのように、一連の記憶が溢れ出す。

「う〜〜〜、だから思い出すなって〜〜〜〜」

なんとか押しとどめようとするが、一度溢れ出すと止まらない。動物的で官能的なキスから倒錯めいた愛撫まで走馬燈《そうまとう》のように駆け巡り、瀬木谷を苦悩の海に投げ落とす。どう振り払おうともリアルな映像として蘇り、瀬木谷を悩ませるのだ。

(指……っ、……あ、あ、あいつの……指が……っ)

酒に浸した指で愛撫するなんて、考えたこともなかった。

今まで菅原に抱いていたイメージとは、あまりにもかけ離れすぎていた。見知らぬ他人にまで悩みを打ち明けられ、人望の厚い『娘を持つお父さんたちの理想の婿さんキャラ』だった男だ。

どこでああいう技を仕入れてくるのかと、感心する。

「あんな奴だったなんて……」

頭をぐしゃぐしゃに掻き回し、記憶に責められるように悶々とし続けた。今日も仕事だというのに、なかなか眠れそうにない。眠れたとしても、またあんな夢を見そうで怖い。自分の中に隠された本音や欲望が、どんなものか知るのが怖い。

「誰か助けてくれぇぇぇぇ……」

苦悩する男は、絞り出すように言った。

時同じくして、ベランダで物思いに耽る男がもう一人いた。

菅原だ。

菅原は、タバコの煙を燻《くゆ》らせながら、目の前に広がる景色を眺めていた。瀬木谷のベランダから見える景色よりも明かりが多いのは、駅から近いからだ。交通量も多い。

自分と同じように瀬木谷も眠れない夜を過ごしているとは思っておらず、己の行動を心底反省していた。ずっと築き上げてきた関係を、一瞬にして崩してしまった。

崩さないようにしてきたのに。

ずっと自分の気持ちを隠してきたのに。

どんなに後悔してもしきれず、眉間に皺《しわ》を寄せて静かにため息をつく。

「何やってんだ、俺は……」

悩ましい言葉を零し、菅原はあの夜のことを思い出していた。

『お前も何か隠してるなら、本当の自分を解放したら？　常識捨てると楽になるぞ』

他人の気も知らないで、あんなことを言った瀬木谷を恨めしく思う気持ちもあった。菅原が自分を解放したら自分が襲われるなんて、思っていなかっただろう。簡単に言ってくれるが、菅原が自分を解放するということは、瀬木谷に対して重ね、押し殺してきた気持ちを、欲望を解放するということだ。長年、瀬木谷に対してシルクに抱くような友情を感じつつも、もう一つ別の感情も持っていたのは事実だ。

言葉で言われたくらいでそんなことはしないが、言葉で終わらなかった。

「あの馬鹿……」

そう言ってから、一番馬鹿なのは自分なのだと思い直す。

金のためならキスくらいできると言ってあっさりとキスしてきたが、あれがただの冗談だというのは明らかだ。

子供にするようなキスだったのに、ノリでやったことだとわかっていたのに、なぜかカッとなったのだ。そんなはずはないとわかっていながら、他でもやっているかもしれないなんて疑念を抱き、抱いた疑念は怒りに変わり、嫉妬《しっと》へと変貌した。

積み重ねてきた想いのせいだろう。まるでギリギリまで水を注がれたコップの水のように、性的な意味などまったくないキスに、全部溢れた。抑えきれない衝動に任せて、唇を奪った。そして、一度キスすると止まらず、その先までしてしまった。

「あんなエロい顔すんなよ」

思わずそうつぶやいてしまうのは、瀬木谷の反応があまりにもよかったからだ。意外な反応でもあった。キスだけで蕩けたような目をされ、自分の中で何かが弾けたのだ。凶暴な欲望に突き動かされた。最後までしなかったのは、奇跡に近い。

これまで女の代わりのように思ったことは一度もないし、むしろ男らしいほうだと思っていた。実際、両親が脳天気すぎて貧乏だったため自立心は人一倍あり、守ってやりたくなるようなところはまったくなかった。しっかりした両親のもとでぬくぬくと学生時代を過ごし、スポーツにも熱中できた自分とは違うと思っている。あんなことをしてしまった今でも、それは変わらない。

それなのに、なぜあれほど男を刺激されたのか――。

（だから、あいつがあんな顔するから……）

キスをした時の瀬木谷の反応を思い出し、一人赤面する。

よくよく考えると、瀬木谷はずっと金が一番好きだったのだ。さすがに童貞ではないだろうが、浮いた話をほとんど聞いたことがない。シルクも以前、そんなことを言っていた。

あの瀬木谷が、経験が浅いと思うと、妙にそそられた。あれだけモテるのに、年相応の経験を積んでいない可能性は十分にある。自分が当然のように経験した諸々のことを、知らないかもしれないのだ。

だからこそ、あれほどの反応があったとも言える。

「だ、だから妄想するなって」

頭を冷やすはずが想像力を働かせる結果となり、菅原は深く項垂れた。煩悩《ぼんのう》は尽きず、恋の病は悪化の一途《いっと》を辿るばかりだ。

最後まで抱いたら、どんな顔をするのだろう。どんな姿を見せてくれるのだろう。泣かせてみたい。

金ばかり見てきた男の目を、自分に向けたい。

自分だけを見て、自分の注ぐ快楽だけに囚われ、夢中になる姿が見たい。振り向かせたい。

金なんかどうでもいいと思わせるほど、身も心も自分で瀬木谷をいっぱいにしたい。

「う〜〜〜〜〜、くそ」

頭を掻き回しながら絞り出すように言い、ため息をつきながら部屋を振り返った。そして、枕元に置いていたスマートフォンにメールの着信が入っているのに気づく。すぐに部屋に戻って内容を確認した。知っている男からのメールだった。黙って本文を読み、スマートフォンの画面を下にしてテーブルに置いてから再びベランダに出た。

「ったく、面倒なことになったな」

その言葉とともに漏れたのは、瀬木谷のことを考えていた時とは違うため息だった。

瀬木谷とこじれつつある今、他人の悩みごとを背負う余裕などないのに、今日仕事帰りに立ち寄った居酒屋で菅原は性懲《しょうこ》りもなく他人から相談を受けてしまった。

これまでもよく、他人の悩みを聞いてきた。会社の同僚や部下、上司はもとより、居酒屋のカウンターで隣に居合わせた見知らぬ男なんてこともめずらしくない。

人がよすぎると、瀬木谷に何度も言われた。秘密を打ち明けられ、他人の秘密を抱え、菅原はまさに「『王様の耳はロバの耳』の床屋」状態だ。もともと他人の秘密を言いふらしたくなることはないため、言いたいけれど言えないというジレンマには陥らないが、まったく問題ないかというとまた違った。

娘がレズビアンだという悩みを抱えた上司は、いまだに菅原の男としての魅力が娘を変えてくれるかもしれないと本気で思っている。しつこく会ってくれと言われるわけではないが、言葉の端々に隙あらばという気持ちが見え隠れしていて、時々仕事がやりづらいと感じることもあった。

今はまだ仕事に支障はないが、思いつめた父親がこの先どう出るかはわからない。

「ったく、俺は馬鹿だよ」

これまで本気で反省してこなかったが、今回ばかりは心底他人の秘密に関わるのはやめようと思った。自殺しそうな思いつめた顔をしている人がいても、絶対に声なんかかけまいと心に決める。そして、早くこの状況から抜け出したいと心底思った。

「ガク……」

名前を呼んだだけで、なぜか胸が熱くなった。ずっと自分の気持ちを隠してきて、堪えることに慣れたつもりだったが、あの夜以来、少しずつ状況は変わってきている。冗談のキスでキレてしまったように、今度また同じ間違いを犯してしまうかもしれない。

こんなことで、本当に瀬木谷との仲を修復できるのかという疑問もあった。

「なんで我慢できなかったんだろうな。今まで散々してきたってのに」

いい加減ベッドに入らなければと思うが、そうしたところでいい睡眠が取れる気はせず、菅原は街の風景を眺めつづけた。

二人の男のため息を取り込みながら、夜は静かに更けていく。

3

菅原とお互いを避けるようになって、三週間が過ぎていた。シルクに誘われても何かと理由をつけて顔を出さず、思いきって顔を出した時は菅原が来ない。タイミングが悪いのか、それとも二人の友情も終わらせたほうがいいという天の意志なのか。

時間ばかりが過ぎていく。

修復するのは不可能なのではと思い始めていて、あんなことをしたのを後悔した。菅原のすけべぶりは衝撃的だったし、かなりのテクニシャンで今まで味わったことのない倒錯的な快楽を教えられたが、菅原という親友を失ってまで味わいたいとは思わない。守銭奴と言われてきたが、そんな瀬木谷でも二人の親友の存在は大事なものとなっている。

菅原とこのまま友達関係が終わってしまうのなら、あんな快楽など知らないままでよかった。

「ね〜。どうして二人とも一緒にお店に顔出してくれないの〜〜〜っ」

その日、シルクは瀬木谷と公園のベンチで弁当を食べていた。

　仕事中だが、シルクから電話があってどこまででも行くから一緒にお昼を食べようと言われ、こうして合流している。弁当はシルクの手作りで、大きなおにぎりと唐揚げ、ほうれん草のゴマ和《あ》えに里芋やレンコンの煮物などが入っていて、独り身にはありがたい内容だった。節約のために自炊はするが、こんな手の込んだ料理はしない。

「お前が騒ぐからだろ」

「ガクちゃんったら、なかなかお店に来てくれないんだもの。あたし、寂しいわ」

　つまらなそうに口を尖らせ、おにぎりを頬張る。

「もしかして、このまま二人の関係は終わっちゃうの？　あたしたちの友情もおしまい？そんなの寂しすぎる〜〜〜っ」

　瀬木谷も泣きたいのは同じだったが、べそべそと涙を流して鼻を啜《すす》るシルクを見ていると少しは我慢できた。平日の昼間に公園のベンチでオカマとサラリーマンが一緒に泣いている姿なんて、シュールすぎて笑えない。

（俺だって、前みたいに一緒に飲みたいんだよ）

　菅原を意識する気持ちと、三人でもとのように気兼ねなくつき合いたいという気持ちが混在している。ただ、それだけでなく、あの夜の記憶を辿ってしまう自分もいるのだ。

　一度知ってしまった蜜の味は、忘れがたい。もう一度味わいたいというのとは違うが、長年知らなかった菅原の表情が頭から離れず、繰り返し味わってしまう。まるで常習性のある麻薬のようだ。タブーに魅入《みい》られてしまったのだろうか。

「それにね。大ちゃん、また誰かに悩みを打ち明けられたみたいよ」

「あいつ、店に行ってんのか？」

「ここ二週間は来てないけど、ガクちゃんとお店で言い合いになってから一週間は毎日のように来てたわ。きっとガクちゃんと仲直りしたかったのよ。この前ガクちゃんが来た時は、本当にたまたま急用ができて来られなかっただけなんだから。だからもう一回勇気出して大ちゃんと話してよ」

瀬木谷は、すぐに答えなかった。

本当にそうなのだろうか。

また次も菅原が来なかったら、今度こそ立ち直れない。菅原が来るとわかって意気込んで店に行った時、急用で帰ったと聞かされた時の気持ちといったら……。

本当は仲直りしたいのに、三行半《みくだりはん》を突きつけられそうでつい回避してしまうのだ。また同じことがあれば、きっと立ち直れない。友情が取り戻せないという事態に直面したら、自分はどんな感情を抱くのだろうか。

そう思うと、臆病になってしまう。

「それに、なんだか今回はちょっと大きな問題みたいなの。大ちゃんが来なくなる前に聞いたんだけど、居酒屋で居合わせた人の相談に乗ったみたい」

「知らない男からの相談か?」

「そうなんだけど、具体的なこと言わなかったの。今までだったら、あたしたちにだけはいろいろ教えてくれたじゃない? でも詳細を言わないし、あれ以来お店に来なくなったし。それって実はとんでもないことに巻き込まれてるんじゃないかって思うのよ」

シルクの言葉に、にわかに不安が湧き上がる。会っていないだけに、どんな様子なのかわからず、想像が膨《ふく》らむのだ。

「今まで気にしてなかったけど、大丈夫かしら」

「何が?」

「だって、見知らぬ他人にまで秘密を打ち明けられるのよ。それがもし、犯罪に関係することだったりしたら、厄介なことになるじゃない」

「厄介なこと?」

「そうよ。犯罪の証拠を隠してる場所とか。ヤクザに追われてる男を匿《かくま》っている先とか」

「テレビの観すぎだ」

話に同意すると本当にそうなりそうで、なんでもないとばかりに切り捨てた言い方をする。だが、シルクは不安を取り除くことができないようだ。

「そうかしら。でも、夜の街で働いてると、結構いろんな噂が飛び込んでくるのよ? 夜の街でしか生きられないあたしたちは、そういうのと隣り合わせなの」

今度は、何も言えなかった。

確かにシルクの言うとおりだ。偶然知ってしまった秘密がとんでもないものだったという話は、映画や小説ではよく見かける。事実は小説よりも奇なりという言葉もあるとおり、それらの話がまったくの作り話かというとそうとも言えないのだ。実際の事件をベースにしたものもあったし、逆に海外ドラマや映画で見たのと同じことが数年後に現実に起き、世界的なニュースになったこともあった。

「大ちゃん、何を打ち明けられたのかしら……」

「国家機密？」

自分で言ってみたものの、さすがにあり得ないと思い、馬鹿馬鹿しい……、と嗤って冗談だとつけ加えた。けれども、顔は段々こわばっていく。

あながち外れてはいない気もした。今まで深く考えなかったが、他人の秘密というのは、危険を孕《はら》んでいる。見知らぬ相手とはいえ、もしそれが本当に公《おおやけ》になってはいけないことだとしたら、口封じに命を狙われるかもしれない。そんなことが現実に起きるかもしれない。知らないところで、闇から闇に葬《ほうむ》り去られる命がいったいいくつあるのか。

「心配でしょ？」

にわかに不安が湧き上がり、菅原が打ち明けられたという話の内容が気になって仕方がなくなった。相談を持ちかけられてから店に来なくなったというのも、気になる。

「本当に深刻な問題なのか？」

「だから、それがわからないから心配してるんじゃない。二人で聞き出しましょう？ね？」

菅原が危険に巻き込まれそうな事態に直面しているのなら、このまま放っておくわけにはいかない。後悔することになってからでは遅いのだ。今なら、まだ間に合うかもしれない。

「わかった」

「ほんと？」

「ああ」

「よかった」

顔を合わせづらいなんて言っていられないという気持ちになり、覚悟を決める。

「実は今度ね、うちのお店の二十周年パーティーがあるの」

シルクは持っていたカバンの中から、招待状を取り出した。黒の紙に金や赤の文字が印刷された怪しげなものだ。

「オーナーが知り合いや仕事関係の人をたくさん呼んで楽しくやるから、ガクちゃんもいらっしゃい。人数も多いし、雇われママとしてもガクちゃんみたいなイイ男が来てくれたらオーナーにもいい顔できるの。人数集めにノルマがあるからって嘘言って頼んだら、大ちゃんも来てくれるって。その日は間違いなく来るわ」

それなら、確実に菅原に会える。困っている友達に手を差し伸べずにはいられない性格だ。

瀬木谷は招待状を受け取った。

「いつだ？」

「来月。三日よ。土曜だけど仕事入ってる？　夜七時からなんだけど」

「ああ。その日は仕事だけど七時なら大丈夫だ。必ず行くよ」

「ええ、絶対来てね」

そうと決まると、迷いはなくなった。菅原に会って、話をする。あの夜のことはお互い忘れようと言い、もとの友達関係に戻るのだ。そうすれば、菅原が自分を襲う時の顔や、二人でしてしまったイケナイ行為もきっと忘れられる。今はまだことあるごとに記憶が蘇ろうとも、その記憶にどんなに苛《さいな》まれ、悶《もだ》えようとも、きっと忘れられる。

瀬木谷は呪文をかけるように、何度も自分にそう言い聞かせる。

「じゃあ、もう仕事に戻るよ」

「ええ。がんばってね」

「飯、ありがとな」

瀬木谷は、シルクと別れて営業車を駐めてある駐車場まで歩いた。精算機に小銭を入れ、タイヤ留めが下がったところで車に乗り込もうとして、ふと歩道を歩くサラリーマンの姿に気づいた。

（大輔……!?）

思わず背を向けてしゃがみ込み、車の陰に隠れる。なぜ隠れなければならないのかと自問するが、躰が勝手に動いたということは、まだ顔を合わせる勇気がないからだろう。

会って話をすると決めたのに、心の準備がまだできていない。

どうしてこんなところにと恨めしい気持ちになるが、菅原も営業なのだ。仕事の途中でばったりなんてことがあってもおかしくない。これまで一度もそんな偶然に出会《でくわ》したことはなかったが、こういう時に限って滅多にない偶然が起きるものだ。

このまま行ってくれ……、と念じるが、車の下から覗いてみると、菅原が駐車場に入ってきたのが見えた。どうやら、この駐車場に営業車を駐めているようだ。料金精算機の前に立っている。

隠れていたなんて知られたら、それこそどんな顔をすればいいのか……。

そしてさらに悪いことに、営業車の目立つところに会社のロゴが描いてあることを思い出した。駐車場の敷地内に入ってきた菅原が、気づかないはずはない。瀬木谷が乗ってきたものかどうかわからずとも、目を留めるだろう。

案の定、足音が近づいてくる。

もう、バレている。完全に、バレている。

まっすぐに瀬木谷の隠れているほうに近づいてくるのがわかり、瀬木谷は観念した。隠れているとバレたとしても、見つけられるより自分から姿を見せたほうがまだマシだ。どんなにわざとらしくても、隠れていなかったという態度を貫きとおせばいい——意を決し、立ち上がって白々しくも今気づいたとばかりの態度で声をかける。

「よぉ、大輔。偶然……、——あ」

そこで瀬木谷は固まった。思い込みとは恐ろしい。完全に菅原と思っていたが、そこにいたのはまったくの別人だった。不審者を見る目を向けられ、軽く挙げた手のやり場に困った瀬木谷は、男が隣に駐めていた車に乗り込むのを黙って見ていることしかできない。

車が行ってしまうと、脱力する。

(重症だな……)

似ても似つかない男を菅原と見間違うなんて、どうかしている。確かに年齢は近かったが、似ているとは言いがたかった。それほど、菅原のことで頭がいっぱいだという証拠かもしれない。しかも、反射的に隠れてしまった。

こんなことでちゃんと話ができるのかと、瀬木谷は不安になった。

「『ヴィーナス』二十周年を祝って、かんぱ～～～い！」

女性オーナーの音頭を合図に、店内にいる全員がグラスを掲げて声を合わせた。

パーティー会場は、シルクの店を経営する女性オーナーが手がける別店舗で行われた。シルクの店の三倍ほどの広さがあり、沢山の人が集まっている。オカマやゲイ、ホストやホステスなどバラエティに富んだ職種の人たちばかりで、中にはモデルらしき長身の男性の姿もあった。

オーナーの知り合いや常連客ばかりで行われるパーティーは派手で、コスプレかと思わしき衣装の者もいる。それが何かのキャラクターなのか、それとも単に派手な衣装なのか、瀬木谷にはわからない。とにかく、すごい光景ということは間違いない。

「あら～ん、この男性素敵。お名前何？　あたしキャンディ」

「やだわ、あたしが目をつけて声かけてたところなのよ。あんたあっち行って！」

「ちょっとイイ男。独り占めなんてずるいわ。あたしにも触らせなさいっ！　ピンクローズっていうの。よろしくねん」

「えー……っと、俺人探してるんだけど」

オカマ三人組に囲まれた瀬木谷は、その迫力に圧倒されていた。

パーティーが始まる十分ほど前には来ていたが、カウンター席に座って菅原の姿を探しているところでベラドンナと名乗るオカマに捕まったのだ。ラクダにドレスを着せたような彼女の迫力に押され、逃げるチャンスを失って五分ほどが経過している。挙げ句にキャンディという金太郎《きんたろう》のような丸いオカマと、どう見ても枯れた薔薇《ばら》のようなピンクローズが加わって、完全に逃げ道を失った。

まさか増援が来るとは思わない。

今日は、必ず果たさなければならない目的があるのだ。こんなところで足止めを喰らっているわけにはいかない。

逃げるきっかけを探していると、タイミングよく瀬木谷を呼ぶシルクの声がした。

「あー、ガクちゃん。来てたの〜?」

声のほうを見ると、大勢の人の間を縫って近づいてくるその姿が見える。地獄に仏とはこのことだ。三人の強烈なオカマに囲まれて身動きが取れないでいた瀬木谷は、胸を撫《な》で下ろした。

「シルク、お前どこにいたんだよ」

「どこって、ずっとガクちゃんを探して……、あら。ベラドンナ姉さん」

「あら〜、シルク〜〜〜ッ。まさかこのイイ男、知り合い?」

「ちょっと、シルク紹介しなさいよ!」

「あんただけいい男侍《はべ》らせるなんて、許さないわよっ!」

四人のやり取りを見て、今日は天に見放されているのだと確信した。ピンクローズたちは瀬木谷がシルクの友達だとわかるなり、放してなるものかと色めき立っている。シルクでオカマには慣れているが、さすがに一人で十分だ。

シルクが彼女たちに瀬木谷を紹介すると、四人並んでカウンターに背を向けた状態でスツールに座った。

「大ちゃんとは話した?」

「まだだ。来てるのか?」

「ええ、受付で招待状を出してるのを見たわ。でも、すぐに人混みに紛れちゃって」

「この数だからな」

ここまでの規模とは思っていなかった瀬木谷は、店内を見渡した。シルクの店ではほとんど見かけない女の子の姿も多い。きらびやかな世界に、現実味が薄れていた。『不思議の国のアリス』に出てきそうなベラドンナたちもいるからか、架空の世界に迷い込んだようだ。

「ねぇ、誰を探してるの?」

「俺の友達」

「その友達も、あなたみたいなイイ男?」

「スポーツマンタイプで筋肉質だ。好きだろ?」

自分から関心を逸らそうと、そんな言い方をすると、思惑どおり三人の視線は瀬木谷から人混みへと移った。シルクが呆れているが、先ほどからずっと捕まっているのだ。このくらいしてもバチは当たらないだろう。

「あ、いた！　大ちゃんよ」

シルクが指差すほうに、スーツを着た菅原の姿があった。二十代半ばくらいの女の子と一緒だ。どうやらもう一つあるカウンター席に移動しようとしているらしく、瀬木谷がいる席とは逆のほうに向かっている。

店にいるゲストたちが派手だからか、ごく普通のスーツは地味で逆に目立っていた。だが、服装だけの問題ではない。背が高く、スポーツで長年鍛えた肉体は、着ているものがシンプルなだけに素材の良さが際立って見えるのだ。服装は地味でも、存在感は決して地味ではない。

「んも〜。もたもたしてるから、大ちゃん取られちゃったじゃな〜い」

「え。もしかしてあれ？　背ぇ高いじゃな〜い。肩幅も広いし、真面目そうだけど、ワイルドな男の匂いがするわ。あれは開花するとすごい男になるわよ」

「ちょっと、顔見えないわ。どんな女と一緒なのよ」

そうこうしているうちに、菅原は女と二人で飲み始めた。せっかく見つけたのに、これでは話しかけるタイミングが摑みにくい。

「あら。あの子、『ジュエリーエンジェル』で一番人気の子じゃない？　ほら、なんだっけ、オーナーが渋谷《しぶや》でスカウトして、一年であっという間に売れちゃった子」

「あ〜、カンナよ！　男引っかけまくってるんでしょ。可愛い顔してしたたかよ〜。童顔だから、純情っぽく見えるのよねぇ〜。恋愛相談持ちかけて貢がせるのが常套《じょうとう》手段よ。キーッ、くやしい。あたしだってもうちょっと華奢《きゃしゃ》な躰だったら……」

「あんたは全体的に問題ありよ」

見ていると、確かにいかにも菅原に何かを相談しているという雰囲気を醸《かも》し出していた。同時に、二人肩を並べて声をひそめながら話をする姿は、まるで恋人同士が愛を語り合っているようにも見える。違うとわかっていても面白くない光景で、自分がそんなふうに感じていることも納得いかない。シルクから菅原がどうやら厄介ごとに巻き込まれていると聞いてから今日まで、ずっと気を揉んできたのだ。それだけに、女と二人で飲んでいる様子は瀬木谷にとってこの上なく不愉快なものだった。

一時は、国家機密レベルの秘密でも抱えたんじゃないかとすら思っていたが、今はまったくそんな気はしない。ただの取り越し苦労で、自分とシルクが二人で騒いでいたのだと確信めいた思いすら湧いてくる。

そもそも、命を狙われるような重大な秘密を背負った人間が、呑気《のんき》にパーティーに参加するはずはないし、若い女とああして肩を並べていい雰囲気を辺りに振りまく余裕があるはずもない。

なぜあんなに騒いでいたんだと馬鹿らしくなり、ボソリと言った。

「心配して損したな」

「え？　何？　ガクちゃん」

「女に手ぇ出す余裕があるなら、特別な秘密なんて抱えてるわけないだろ」

「ちょっと、やめてよ。この前はあんなに心配してたじゃない」

「シルク。俺たち馬鹿みただけだよ。ほら見ろ、あの大輔のにやけた顔。あれが命狙われる男の顔か？」

瀬木谷が顎をしゃくると、シルクは菅原に目を遣《や》った。

「にやけてなんかないわ。いつもの大ちゃんよ。嫉妬で目が曇ってるんじゃないの？」

「じゃあ、深刻な問題抱えてる男に見えるか？」

「それは……」

さすがにここまで言われるとシルクも確信が持てないようで、歯切れが悪くなる。

「もう、意地張らないで」

困ったように言われ、自分でも大人げないと思ったが、菅原が他の女に接近されているのを見ると感情が上手くコントロールできなくなった。あの二人を見ていると、次第に苛立ちが募っていく。

（俺にあんなことしといて、今度は女か。めでてぇな）

シルクがおろおろしているのがわかるが、気遣う余裕もなく、スツールを反転させてバーテンダーを呼んだ。ベラドンナたちは、菅原が女の子にがっちり摑まっていると知ったからか、再び瀬木谷を挟んで取り合いを始める。

「ゴードンのロック」

「あたしも同じの～」

「じゃあ、あたしはカルアミルクちょうだい」

「うーんと、あたしはワインがいいわ。カッツェの白。シルクは？」

「……じゃあ、とりあえずあたしもカルアミルク。ねぇ、ガクちゃん。本当にいいの？」

「いいんだよ」

もうこれ以上菅原のことは言うなとばかりの態度を取り、出てきたグラスに手を伸ばす。ライムの効いたゴードンは、ほとんど氷が溶けないうちに瀬木谷の胃に流し込まれた。すぐにニコラシカを追加する。砂糖の載ったスライスレモンでグラスに蓋がしてあるカクテルは見た目もお洒落だが、飲み方にもそれなりのルールがある。

瀬木谷はレモンと砂糖を口に含み、一気に呷った。きつい酒だが、旨かった。カッと胃が熱くなり、心地よくなる。ただの勢いだが、今はそれに任せて飲むことしかできない。

「やだ～、男前な飲みっぷり～～～っ。よーし、あたしも飲むわよ～～～～っ」

三人のノリのよさが、瀬木谷を勢いづかせていた。飲んで忘れたいこともあるとばかりに、度数の高い酒を次々と呷り、酔いが回るにつれペースも速くなっていく。

（俺は何を期待してたんだ……）

自分ばかり菅原と寝たことについて悩んでいたのかと思うと、段々腹が立ってきた。たいしたことではないと思っているのか、それとも深く悩むほど価値のある友情ではなかったのか——段々と卑屈な考えに支配されていき、不愉快になった。自分が嫌な奴になっていくのもわかるが、感情を抑えることができず、飲みすぎだと忠告するシルクの言葉も聞き流した。

ベラドンナたちの陽気な笑い声に包まれてさらにグラスを重ね、その一方で時々菅原の動向に目を遣る。

女が親密そうに躰を寄せ、菅原の膝に手を置いてしなだれかかっているのを見た時は、かなり深酔いしていた。

（なんだよ、そんなところ触りやがって、魂胆《こんたん》丸見えなんだよ）

手で膝を撫でるように触れているところから、完全に今夜ものにしようとしているとわかった。親友の贔屓《ひいき》目を差し引いても、菅原はイイ男だ。顔の造りだけでなく、スーツの似合う肉体。野球で上下関係を叩き込まれたおかげで、ピンクローズが言っていたように真面目そうに見えるが、決して消えないワイルドな男の匂いが、本能をくすぐる。

（あの野郎、本当は触られて嬉しいんだろ）

菅原は、自分の膝を撫でる彼女の手をさりげなく退かしているが、止めるどころか、手がいつ股間に伸びるだろうかと思うほど大胆だった。しつこく膝に手を置く彼女に苛立ちを覚えながらも、それ以上にもっとはっきりと拒絶しない菅原に腹が立つ。

「すみません、スピリタス」

「ちょっとガクちゃん」

ショットグラスが出てくると、瀬木谷は手のひらで蓋をするように掴み、カウンターをグラスで一回叩いてシェイクしてから一気に飲み干した。ベラドンナたちのドスの利いた黄色い声が聞こえたが、もう関係ない。瀬木谷は、グラスを置いて菅原のところへ向かった。

「よぉ。久しぶり」

「あ……」

振り返った菅原の表情からは、何を考えているのかは読めなかった。

見ると、女はカウンターに乗せた菅原の腕に手を添えている。明らかに自分をアピールするためのスキンシップだ。女経験に乏しいとはいえ、そのくらいのことはわかる。しかも、彼女は瀬木谷を見るなり『あんたに興味はないんだから、大事なところを邪魔しないで』という目をした。菅原には気づかれないようにしているが、確実に敵意を持って瀬木谷を見上げている。

（興味がないのはお互い様だよ）

唇を歪《ゆが》めて嗤い、そんな女でお前は満足なのかと口にしそうになり、かろうじて堪えた。

「また悩み相談か?」

「なんだガク。かなり飲んでんな」

「ああ、飲んでるよ。シルクたちと楽しくな。それより、この前も知らないおっさんから相談受けたんだろう? シルクが厄介ごとに巻き込まれたんじゃないかって心配してたのに、懲りねぇな。一円にもならないことして何がしたいんだ? それとも下心ありか?」

「なんでも金に換算するお前に言われたくねぇよ」

「親切の安売りしてるお前に言われたかないね」

「ちょっとガクちゃん」

どうしてこんなことを言ってしまうのかと思いながらも、菅原の隣に座って自分を見上げる女の目に、段々止まらなくなってきた。誰が見ても、邪魔者は自分だ。せっかくいい雰囲気になりかけていた男女のところに、酔っ払いが絡みに来た。

最悪だ。格好悪すぎて泣けてくる。

「キス一つ一万で請け負う守銭奴のお前に、俺のことをあれこれ言われたくないんだよ」

あの夜のきっかけを仄《ほの》めかされ、動揺する。すると、二人の間に何があったか知らない彼女は、興味深そうに身を乗り出した。

「キス一回一万円? 本当?」

「ああ。こいつ、金のためならなんでもやるんだ」

「せっかく格好いいのに、どうしてそんなことするの？　あ、でも逆に格好いいから一万円出してもキスしたいって女の子がいるのかもね」

早く瀬木谷に消えてほしいのか、彼女が声高に言った。すると、なかなか戻ってこない瀬木谷にしびれを切らしてついてきたベラドンナたちが、話に喰いつく。

「ちょっと～、それ本当っ⁉」

「ちょっとちょっと、聞き捨てならないわね。一万円でキスしてくれるのっ？」

「もちろん唇よねっ！」

「舌はっ。舌は入れてくれるのっ⁉」

強烈な三人組に圧倒され、思わず助けてくれとばかりに菅原を見た。けれども、その気持ちが届くことはなかった。

「してやれよ、ガク。稼いで帰れ」

揶揄《やゆ》され、頭の中で何かがブチッと音を立てるのが聞こえた気がした。確かに、嫌みを言って挑発したのは自分が先だが、そこまで言うかと腹立たしくなってくる。しかも、勝ち誇ったような女の目が、瀬木谷の理性を完全に崩壊させていた。

「ちょっと、おやめなさいよ」

シルクが必死で止めようとするが、引くに引けない。

「あー、そうだよ。俺は金のためならなんでもするんだ。一万出すならキスするぞ」

「ほんと〜〜〜っっっ。こんなイイ男のキスなら、一万くらい安いもんよ〜〜〜っ」

「ベロチューしてくれるなら五万出してもいいわ」

「あたしもあたしも！　あたしもちゅーしてぇぇぇぇ〜〜〜〜っ」

ベラドンナたちは、手に一万円札を握り締めて瀬木谷につめ寄ってくる。今さら嘘だったなんて言える雰囲気ではなく、開き直るしかない状況に追いつめられた。

「さすがだな、ガク。お前の守銭奴ぶりには毎度驚かされるよ」

「金が好きで悪いか。金は裏切らないんだよ」

「んま〜、そこまで言うなんて、いっそすがすがしいわ。男らしい〜〜〜ん。あーっ、ジョンガラッパ姉さーん、ちょっと来て来て！　イイ男とキスするチャンスよ〜〜〜ん」

最悪なことに、ベラドンナたちは友達のオカマを呼びつけた。途端に五人が加わって瀬木谷を取り囲む人の群れは大きくなる。

「じゃああたしから！　ん〜〜〜〜〜〜〜〜〜〜っ」

スーツのポケットに二つに折り曲げた一万円札を突っ込まれたかと思うと、尖《とが》らせた唇が目の前に近づいてきた。戸惑うが、バンジージャンプと同じだ。躊躇すれば身を放り出すことはできない。ここは何も考えず、恐怖を感じる前に飛び込んだほうがいい。

瀬木谷は彼女の顔を両手で摑み、ぶちゅ〜〜〜〜、と唇を奪ってやった。

「ぷはっ！」

唇を放すと、ベラドンナは両手を頬に添え、目をキラキラさせる。

「やだ～～ん。すごい熱いキッス。こんなの初めてぇぇぇぇぇ～～～～っ」

「あたしもあたしも～～～～～っ」

我先にと詰めよってくるオカマたちに、瀬木谷はやけくそだった。パーティーが始まって約一時間が経過している。酒もいい具合に入っているため、この流れを止めることはできない。

「次は誰だ～？」

「あたしよ～～～～～～ん」

「ぎゃ～、あたしもやらせて～～～～～～っ」

瀬木谷のいる一角は、異様な盛り上がりを見せていた。それを見ている他のゲストたちも、笑いながらもっとやれとはやし立て、パーティーは佳境に入っていく。シルクだけがオロオロするばかりだ。

微かに残る理性が「ああ、どうしてこんなことに……」と涙を流しているが、ここで我に返ると惨めすぎて、とことん酒に飲まれてみることにする。

「金だ金だっ、金持って来ぉぉぉぉ～～～～～い！」

名前すら知らないオカマの肩を抱き、マウストゥマウスの熱いキスをしてから、瀬木谷は渡された酒のグラスを高々と上げた。

二日酔いだった。

自分の部屋で目覚めた瀬木谷は、顔をしかめながらなんとか布団から顔を出す。

「う〜〜〜〜〜〜〜〜〜〜っ」

頭をカナヅチで叩かれているような激しい頭痛に見舞われ、唸り声を上げげた。もう二度と飲まないと思うような、最悪の朝だ。比較的酒には強いため、滅多にここまでひどい状態にはならないが、昨夜は間違いなく飲みすぎている。

（えっと……なんでこんなに飲んだんだっけ……？）

寝ぼけ眼《まなこ》で身を起こすと、一万円札がバラバラと落ちてきた。まさか夢に見た金の雨が降ってきたのかと思うが、すぐにそんなはずはないと気づく。よく見ると、客がストリップダンサーの衣装に挟む時にするような縦長の二つ折り状態のものばかりだ。

頭痛に耐えながら壁に掛けてある鏡を見ると、そこに映った自分の姿に呆れる。

「なんだこりゃ」

頭にネクタイを巻き、顔中にキスマークをつけていた。ワイシャツのポケットには万札が刺さっていたが、ベルトにも挟まっている。落ちてきた一万円札は、おそらく頭に巻いたネクタイに挟んでいたのだろう。

宴会のオヤジさながらの格好に、まだ二十八の男がこのザマでいいのかと自問した。いくらなんでもひどすぎる。あまりの姿に、はは……、と乾いた笑みを漏らした。

何が自分をこうさせたのか。

人生に疲れたのか。それとも、大金でも拾って我を失ったか。

馬鹿なことをうだうだと考えていたが、ふと視線を床に移してギョッとした。

「うわ！」

ベッドの下には、ちんどん屋のようなオヤジの屍《しかばね》が五体転がっていた。何があったんだと目を見開いてよく見ると、オカマだということがわかる。髭はポツポツと生えていて化粧もほとんど剝《は》げているが、転がっているのはシルクの仲間に間違いない。身につけているものが派手なのは、ちんどん屋ではなくオカマだったからだ。

「あら。起きた？」

フライパンを持ったシルクが、部屋に入ってきた。炊きたてのご飯のいい匂いが漂ってきて、朝食の準備をしてくれていたことに気づく。

「ガクちゃん。昨日はひどかったわね」

「えっと……なんだっけ？　あんまり記憶にないんだけど……」

「あれだけ飲めばそうでしょ。キスしまくってたわよ」

「キス？」

「ええ、一回一万円で」

呆れた言い方をされ、次第に記憶が蘇ってきた。やけくその無礼講《ぶれいこう》。もう自分などどうなってもいいと思いながら酒に溺れた。オカマ相手にキスをしまくっていたことも、うっすらと覚えている。落ち込むあまり、瀬木谷は頭を抱えて深く項垂れた。

「そうだった……」

「思い出した？」

「ああ。バッチリな」

原因は、菅原だ。一万円でキスを請け負う守銭奴と揶揄され、意地を張るあまり、瀬木谷はノリのいいオカマたちに囲まれてキスの安売りをしてしまったのだ。いや、もうあれは叩き売りといったほうがいいのかもしれない。酒の席での無礼講とはいえ、さすがに自分でも呆れる。

いったい、何人のオカマとキスしただろうか。

当てつけのつもりだったが、ただ馬鹿を晒しただけでなんの得にもならない。そして、なぜあそこまで荒れたのかもよくわからなかった。あんな挑発に乗るような単純な男だっただろうかと、自分のことを振り返る。

「俺は、何やってんだ……」

「もう終わったことよ。くよくよしないで。それよりご飯食べましょう。勝手にお米とか使っちゃったけど大丈夫だった？　材料代、全員から徴収する？　昨日はガクちゃん酔い潰れてここまで運ぶ必要もあったから、勝手に泊まらせちゃったし」

「いいよ。昨日荒稼ぎしたからな」

瀬木谷は、自虐《じぎゃく》的に言って笑った。普段なら米ごときにぐだぐだ言う男だが、さすがに今日は文句を言う気持ちは湧かない。

「ほら、みんなも起きて。朝ご飯よ～」

シルクはそう言って、水揚げされたマグロのように転がっているみんなを次々と起こしていった。寝ぼけ眼でのっそりと起き上がるその姿は、まさに墓の中から這い出てくるゾンビだ。今が夜だったら、夢に見るに違いない。

「おはよう。あら、ベラドンナ姉さん、ひどい顔ね」

「あんたもよ。化け物みたいになってるわ」

「朝のあたしは見ないで」

「夜だってそんなに見られたもんじゃないわよ。あ～、昨日は飲みすぎたわ。あら、ガクちゃんも起きたのね。最後は酔ってすごかったわよ～」

「そうそう。ガクちゃんをここまで送り届けるの大変だったんだから。おかげで禁断のお泊まりよ。メイクセットがないのに、朝を迎えちゃったわ」

全員飲みすぎで、ボロボロだった。しかも、ガクちゃん呼ばわりだ。かなり親密に飲んだことが窺《うかが》える。

「ほら。朝ご飯食べたら元気になるわ。みんな自分のぶんを取りに来て」

シルクが買ってきたのだろう。ちゃぶ台の上には、アウトドアで使うような紙皿が置いてあった。見た目は悪いが、この人数なら仕方がない。常に自炊とはいえ、最低限の食器しかないのだ。

全員が、両手に食器を持って廊下の途中にあるキッチンに向かう。配給のごとく、一人ずつ自分の味噌汁とご飯を貰うと、部屋に戻った。狭いため、おかずは大きめの皿に山盛りにしてちゃぶ台の中央に置かれる。最後にシルクが戻ってきて、準備は整った。

「じゃあ、いただきましょうか」

「いただきま〜〜す」

全員でちゃぶ台を囲むと、かなりすごい光景になった。まるで監獄部屋だ。いくらオカマでも、そこはかとなく漂うオヤジ臭を消すことはできない。

だが、この状況に耐えるのも反省のうちだと、肩と肩がくっつきそうな状態にも文句は言わずに朝食に手をつける。

「あ〜〜〜〜〜、生き返る〜〜〜〜」

あつあつの味噌汁が、染みた。味噌汁がこんなに美味しい朝は、久しぶりだ。味噌汁と白いご飯と漬け物だけでも十分だが、厚焼き卵と小松菜の炒め物もついている。しかも、卵にはご丁寧に大根おろしまで添えられてあった。海苔《のり》もいい。日本人でよかったと思える瞬間だ。

「味噌汁お代わりある?」

「あるわよ」

「じゃあついでこよう。みんなもいる?」

「いるいる。あたしもお代わり」

心は女でも食欲は男だ。全員が味噌汁とご飯をお代わりした。食事が済んだのは、午前十時を過ぎる頃だ。さすがに日曜の午前中から化粧の剝げたドレス姿で歩く勇気はないらしく、タクシーを呼んだ。十分ほどして迎えが来ると、ぞろぞろと部屋を出て行く。

「じゃあね、昨日は楽しかったわ、ガクちゃん」

「今度はあたしのお店に遊びに来てね～ん」

投げキッスに笑顔で応え、エレベーターが降りていくのを見送った。そして部屋に戻り、ちゃぶ台を拭いているシルクに声をかける。

「ありがとな。シルク」

「いいのよ。お料理好きだもの。でも、ひどかったわ。昨日のガクちゃん」

「それを言うな」

「あそこまで荒れるなんて思わなかった。でも、あたしも悪かったの。安易にパーティーに誘うんじゃなかったわ。大ちゃんみたいな男、女が放っておかないもの。話しやすい雰囲気かもって思ったけど、逆効果だったわね。本当にごめんなさい」

「シルクが謝ることないよ。俺が馬鹿晒しただけだ」

あのあと、菅原はどうしたのだろうと思い、シルクに聞こうとしたが、すぐに言葉が出てこなかった。しばらく悩み、思いきって口にする。

「あいつは……その……どうしたんだ？」

「帰ってったわよ」

「女とか？」

その言葉に、シルクは何やら言いたげな顔をした。何を言いたいのかは大体わかる。自分でも呆れているのだ。愛想を尽かしたくなるだろう。

「気になるくらいなら、自分で確かめたら？」

「意地悪言うなよ」

弱音を吐くと、困ったような優しい笑顔を見せた。その表情に母性を見た気がする。

生物学上は男だが、親友であると同時にシルクには母親のような優しさを感じることがあった。脳天気な両親のもとで育ち、人一倍早く自立心を目覚めさせただけに、そういう時のシルクは思わず頼ってしまいたくなる。めずらしく、泣き言を漏らしたくなるのだ。

そんな瀬木谷の気持ちを見抜いたのか、シルクは仕方ないとばかりにこう続けた。

「一人で帰ったわ。女の子は置いていったのよ。ガクちゃんが自分以外の人とキスしてるのを見たくなかったんじゃない？」

「俺の馬鹿さ加減に呆れたんだろ」

「そんなことないわ。仲直りしましょうね」

瀬木谷は、すぐには答えなかった。本当に仲直りなんてできるのか、わからない。昨日は、どうしても素直になれなかった。昨日できなかったことが、今度できるとは限らない。

たとえ酒が入っていなくてもだ。

「ほら、そんな顔する。駄目よ。仲直りするの。するって自分で決めるの。そうしたら、きっとできるから」

「ああ、わかった。ちゃんと仲直りするよ」

返事はしたものの、まだ不安はあった。それでも、シルクの言うとおりだと自分に言い聞かせ、必ずこじれた関係をもとに戻すと決める。

そして、瀬木谷は堅く自分に誓った。

もう、絶対に飲まない。

晴れ渡った空が、ずっと遠くまで続いていた。

休日出勤となった土曜日。瀬木谷は昼前に仕事を終わらせて取引先から会社に戻る途中、高校のグラウンドが見える場所に営業車を停めて校庭の様子を眺めていた。ブラスバンドの練習する音が絶え間なく聞こえており、その音にランニングのかけ声などが重なっている。

白いグラウンドは眩しく、目を細めた。

パーティーの翌日、自分の行動を猛反省した瀬木谷だったが、反省は長続きせずにこのところずっと家で飲んでいる。貯金が趣味の瀬木谷が毎日のように晩酌《ばんしゃく》をするなんて、今までだったら考えられないことだった。けれども、事実、連日飲んでいるのだ。

それだけ、菅原とのことにダメージを受けているのだろう。何よりも金を大事にしてきたつもりだったが、菅原やシルクとの友情に勝るものはないということだ。

「あ〜あ」

車の窓を開けてドアに肘を預け、だらしない格好のままグラウンドを眺める。

道路側のスペースは陸上部が使っていて、ランニングを着た生徒がウォーミングアップをしていた。槍投げの選手は、槍の代わりにタオルを持って自分のフォームを確かめている。

何度も投げる動作を繰り返し、躰に叩き込んでいるのだろう。

人数が多いのは、野球部だ。時折ボールを叩く音が空に響く。菅原がかつてそうだったように、泥だらけになっていた。瀬木谷にしてみれば、長袖のアンダーシャツを着込み、さらにその上からユニフォームを重ね着して、汗だくになって白球を追うなんてご苦労なことだと思うが、生き生きした様子は遠くにいても伝わってくる。

そして、瀬木谷がシルクとともにそうしていたように、何をするでもなく部活の様子を眺めている生徒もいた。居心地のよさそうな場所に座り、何か食べたり飲んだりしながら、雑談している。無駄な時間に見えるが、ああやって友達と過ごす時間は、何にも代えがたい貴重なものだ。

昔のことを思い出し、懐かしい気持ちになる。

（俺たちもあんなだったよなぁ）

最近のことのようで、ずっと遠い日のことのようにも思える。よく考えると、あれから十年以上が経っているのだ。時間なんてあっという間に過ぎるものだ。

特に就職してからは、本当に早かった。環境の変化についていくのがやっとの三ヶ月。そして、少しずつ環境や仕事に慣れていき、戦力の一部と認められるようになり、ようやく自分なりのやり方を身につけるようになって次の新入社員が入ってきた。後輩ができてからは自分のことだけに構っていられなくなり、後輩を指導しながら仕事をしなければならない立場になっていった。

　そうやって少しずつ仕事のスキルを上げていき、大きな仕事を任されるようになり、責任のある仕事もこなすようになった。今では、それなりに頼りにされている。

　そして、パーティーのあった日から今日までも、本当にあっという間だった。菅原と仲直りするとシルクに誓ったというのに、一向に状況はよくならない。よくなる以前の問題だ。菅原に連絡をしようとしても、電話がまったく繋がらないのだ。

　何度も着信が入っているのに折り返し電話をかけてこないなんて、避けられているとしか思えない。とことん自分の電話を無視するつもりだなと、恨めしい気持ちになるが、今回は諦めるつもりはなかった。

　少し悩み、スマートフォンを取り出す。電話をかけた先は、菅原ではなくもう一人の親友だった。

「あ。シルクか?」

『大ちゃん?』

　眠そうな声に、思わず時間を確認した。そろそろ昼の十二時だが、瀬木谷たちのような昼間働くサラリーマンではないシルクは、生活のリズムが違う。

「悪い、まだ寝てたか?」

『うん。いつもなら起きてるんだけど、昨日はお店閉めるのいつもより遅かったの。でも、もう起きなきゃと思ってたし、ガクちゃんに電話しようと思ってたところだったから、ちょうどよかったわ』

「俺に？　なんだ？」

『ちょっとこのまま待ってて』

電話を持ったまま移動しているようで、ごそごそと物音がした。再び聞こえてきたシルクの声は、先ほどより聞こえやすくなっている。

『ベラドンナ姉さんに聞いたんだけど、大ちゃんのこと狙ってた子がいたじゃない？　覚えてるでしょ？』

忘れもしない。喧嘩を吹っかけてしまう原因だった女の子だ。菅原の膝に手を置き、大胆なスキンシップで自分をアピールしていた。今思い出しただけでも、眉間に皺が浮かんでしまう。

「ああ。覚えてるよ」

『あの子、本気で大ちゃん狙ってたんだって。かなりアクティブな子でね、狙った獲物は必ずゲットするって子らしいわ。強引に既成事実を作って、彼女のいる男を寝取るようなことも平気でするんだって』

「だろうな」

ははは……、と嗤い、もう菅原はゲットされたのかなんて、下世話な想像をしてしまう。

内心穏やかでなかった。自分を避けるのは、彼女との仲が親密になったからかもしれないという嫉妬深い一面を覗かせて、嫌な気持ちになる。もしそうなら、親密になった可愛い女の子には、瀬木谷と間違いがあったことを知られたくないだろう。

セックスまでしていないといっても、男同士でしてしまったイケナイ行為は、なかったことにしたいはずだ。

『ちょっと、聞いてる？』

「え？　……ああ。それで？」

『誤解しないで。大ちゃん、その子を置いて帰ったって言ったでしょ。でもね、大ちゃんの名刺だけは貰ってたみたい。会社に電話したり、グイグイアピールしてたって。それなのに、突然あっさり手を引いたのよ』

それがどういうことなのか——。

瀬木谷の出した答えは、単純だった。わざと鼻で嗤いながら言ってやる。

「ぺろっと美味しく戴《いただ》いて、満足しただけじゃねぇのか？」

『その可能性もあるわね』

「あるのか！」

『何よ。自分で言っておきながら、どうして怒るの？』

「ぐ……っ」

鋭い指摘に、ぐうの音《ね》も出なかった。気まずくて黙りこくっていると、シルクは瀬木谷の心を少しずつ暴いていく。

『本当はそんなことないって思ってるくせに。意地を張ってるだけで、本当は大ちゃんがそんなことしないって、信じたいんじゃない？　自分に手を出しておいて、フェードアウトして他の女に手を出すような男じゃないって』

瀬木谷は答えなかった。

そんなことは、わからない。菅原のことを、全部知っているわけではないのだ。

瀬木谷を手淫で狂わせた挙げ句、素股なんて真似までした男だ。あの時見せたように、菅原は悪い男の一面を隠し持っているかもしれない。

疑うわけではないが、このところ自分がとことん嫌な男だったことを考えると、そのくらいのことをされても当然だという気になる。

『大ちゃんは、ガクちゃんに手を出しておきながら違う女も……、なんてことしないわ』

「はっきり言うな。それに、俺に手ぇ出したのは、別に好きだからってわけじゃないだろ」

『またそんなこと言う。お酒の勢いだけっていうの？　大ちゃんはね、適当なことはしない男よ。ガクちゃんだってそんなこと知ってるくせに。本当は大ちゃんの気持ち、わかってるんでしょ』

「わかんねぇよ」

つい、弱音を吐いてしまった。

シルクの言うとおり、菅原が適当なことをする男じゃないと知っている。人をないがしろにしたり、平気で傷つけたり、どうでもいいと放り出すような男ではない。

わかっているのに、自分に対する態度は違うかもしれないなんて思ってしまうのだ。

自信のなさから、疑いを持ってしまう。

『もう、本当に恋に臆病なんだから。いい、変に解釈せずに聞いてね。大ちゃんね、本当に面倒に巻き込まれたかもしれないの。あの子、自分がふられたんじゃなく、あんな厄介ごと抱えた男は願い下げだって言ったらしいわ。ヤクザっぽい男とトラブってるのを見たとかなんとか言ったんだって』

「ヤクザ?」

『ええ。ああいう女のことだから、自分がふられたのを知られたくないからそう言ってるって可能性もあるけど、それにしてもあっさり引き下がりすぎよ。それに、居酒屋で居合わせた男の相談に乗った話。あれが関係してるんじゃないかって思うの。やっぱり、かなり困ったことになってたのよ』

シルクの言葉に、急に菅原のことが心配になる。

そもそもあのパーティーに行った目的は、それを確かめるためだったのだ。なぜあそこで感情的になって、ちゃんと話を聞かなかったのか後悔する。

『そんなことがなくても、大ちゃんは簡単に他の女になんか手を出さないと思うけど、今回ばかりはあの子が言ってることは信憑性《しんぴょうせい》があるわ』

「都合よく解釈しすぎじゃねぇか？」

『そうかしら？　でも大ちゃんらしくなかったのは事実よ。そういう意図がなかったにしろ、大ちゃんが自分の問題でいっぱいいっぱいだったから、ガクちゃんのことを挑発したりしたのよ。とにかく、もうちょっと詳しい話が聞けるようになんとかするから、変な思い込みで結論を出したりしないで。わかった？』

「ああ。そうだな」

とりあえず同意したものの、その声に力はなかった。

それはシルクも気づいている。だが、これ以上何を言っても瀬木谷の心を勇気づけることはできないと思ったようで、何かわかったら連絡すると言い残して電話を切った。

スマートフォンをしまい、再び高校のグラウンドに目を遣った。

瀬木谷が抱えている悩みとは正反対の、明るく眩しい光に満ちた光景が広がっていた。

（お前、本当にトラブルに巻き込まれてるのか？）

避けられている理由がヤクザがらみのトラブルでないのなら、単に愛想を尽かされただけだということだ。しかし、本当にヤクザがらみのトラブルなら、菅原が困った立場に置かれているということになる。

どちらに転んでも、嬉しい結果になりそうにはなかった。


瀬木谷が一人心揺らしている頃、菅原はめずらしく貯金通帳を眺めていた。

瀬木谷とは額が違うが、それなりに貯金もしており、定期預金も持っている。だが、今菅原が抱えている問題を解決できる額にはほど遠く、困ったようにため息をついた。

「三百万か……」

どこをどう集めても、今自分が持っている財産はこれだけだ。毎月給料の口座から自動的に引かれる定期預金が二百五十万円。給料が余った時に自分で移動させているぶんが四十三万。あとは、普通預金に残っているのが少々。こちらは、いずれ生活費に消えていくため、ないと思っていたほうがいい。

就職してコツコツ貯めてきたが、これがやっとだ。どんなに凝視しても、増えることはない。

「ガクはもっと持ってんだろうな」

これまで瀬木谷のことを守銭奴だのなんだの言ってきたが、今ほど貯金の大切さを痛感したことはなかった。これまでいろいろな人たちに相談ごとを持ちかけられてきたが、こうして見てみると金銭的にはさほど頼りにならない男なのだと思わされる。

人望があるなどと言われもしたが、その実この有様《ありさま》だ。むしろ人としてどうかと思うほど金の亡者である瀬木谷のほうが、頼りになる。

「ったく、情けねぇな」

いくら眺めても増えない通帳の数字に、愚痴っぽい言葉が漏れる。

その時、スマートフォンに着信が入った。表示されているのは、実家の番号だ。恐らく母親からだろうと思い、すぐに電話に出る。

「もしもし?」

『あ、大輔?　お母さんよ』

思っていたとおりだ。このところ少し白髪の増えた母の姿が脳裡に浮かぶ。

『大輔、元気にしてるの?　ちゃんとご飯食べてる?　休みは取れてるの?　何か足りないものあるなら、送るわよ』

相変わらず息子が口を挟む間もなく一気に近況を聞いてくる母の声に、思わず苦笑いした。それだけ心配してくれているのだろうと思うが、もう二十八だ。なのに母親の心配ぶりは就職して一人暮らしを始めた頃から、ほとんど変わっていない。

「ああ。元気だ。飯も喰ってるよ。お袋は?　相変わらずあれやってんのか?　教室通ってただろ。なんだっけ、カルタなんとかっての」

『カルタじゃなくてカルト。カルトナージュよ。もう、全然覚えないんだから』

「ああ、それそれ。カルトナージュ」

菅原は、母がいつも机の上に広げていた色とりどりの布や道具を思い出していた。

厚紙に布を貼りつけ、レースやリボンで飾るフランスの伝統的手芸で女性に人気がある。ダストボックスやティッシュケース、ジュエリーボックスなど種類は様々で、菅原が高校に上がってからは本格的にやるようになり、一時期は家中のものからおフランスの香りがして大変だった。今では、小さな雑貨店に作品を置いて委託販売までするようになったと聞いている。

菅原にはそのよさはわからないが、時々注文も入るらしく、小遣いを稼ぐことのできる趣味として楽しんでいるようだ。そのうち店を持ちたいなんて言い出しそうだ。

「お袋の作品って売れてるのか?」

『あら、ちゃんと売れてるのよ。お母さんの作品のファンもいるんだから。今ね、新しいシリーズのデザインを考えてるところなの。あなたにも作ってあげるわよ』

「それはやめてくれよ」

『もう、あなたが女の子だったらよかったのに。ねぇ、彼女とかいないの? いたらプレゼントするのに』

「できたら報告するよ」

『そう言って一度も紹介してくれないじゃない。今までだっていたんでしょ？』

「頼むから勘弁してくれって。宅急便で送りつけるのもやめてくれよ。お袋が作ったもんだと思うと、捨てられないんだからな」

菅原が高校生の時に、無理矢理部屋に置いていったリボンのついたティッシュケースのことを思い出し、泣き言を漏らす。何度リビングに持って降りてもすぐに戻ってくるため、本気で嫌だった。瀬木谷たちを家に呼んだ時、ベッドの上にあるのを見られて、思いきり笑われたことは忘れない。

「そのうちそっちに帰るから」

『無理しなくてもいいわ。無理矢理送ったりしないから。でも、帰ってきてくれるなら嬉しいわ。美味しいもの用意して待ってるから、事前に連絡してよ』

「わかった」

いつも明るい母親だが、息子の帰りを楽しみにしている様子から、寂しさもあるのだろうと思った。近いところに住んでいるといつでも会えると思ってしまい、なかなか帰らない。前回戻った時は、もういいというほど大量のご馳走《ちそう》を用意していた。

仕事が忙しくて、ついつい後回しにしてしまっていたが、もう少し頻繁《ひんぱん》に顔を見せたほうがいいと反省する。

『それより、大輔。お父さんから聞いたわよ。外でお父さんと会ったんでしょう？　本当に困った人たちね。お父さんもあなたも、何も言わないんですもの』

　菅原は、答えにつまった。やはり、本当の用事はそれだったかと頭を掻く。

「お袋に心配かけたくなかったんだよ」

『だからって、内緒にすることないじゃない。男同士でこそこそと、ひどいわ。あなたが困ってるなら、お母さんなんでもするのに』

「お袋がそうだから、何も言わなかったんだよ。お袋に護《まも》ってもらう歳じゃないし、本当に大丈夫だから」

『そんなこと言って、あなたお人好しなんだもの。心配だわ。他人のために、自分の人生まで棒に振るつもり？』

　母親がそう言いたくなるのも、無理はなかった。菅原が今首を突っ込んでいる問題は、これまで関わってきた他人の悩みとは、少し種類の異なるものだ。

「そこまでするつもりはないよ。ただ、俺でも何か力になれたらって思っただけで」

『力になんてなれないわ。金銭的なことが絡んでるんですもの。あなた、まさかこれ以上関わるつもりじゃないでしょうね』

「ないよ。本当に心配するなって」

　咄嗟《とっさ》の嘘に、申し訳ない気持ちになった。引くに引けない状況になっているなんて、今さら言えるはずがない。最後に、そのうち実家に帰ると約束して菅原は電話を切った。

時間を確認し、出かける準備をしようとした時、またすぐに着信が入る。何か言い忘れたことがあったのかと思ったが、別の番号からだった。見覚えのない番号だが、誰からなのかはわかる。

「もしもし?」

『菅原さん? この前のお話なんですが……』

独特の声の響きに、鼻で嗤った。気の小さい者なら、これだけで怖じ気づくだろう。脅しはしないが、だからこそタチが悪い。法の範囲内で動かれたら、対抗手段はほとんどない。

「今、親戚を当たってるんで、もう少し待ってもらえませんか?」

『あなたが頼りなんですよ。大金ですからね』

「わかってます。これから電話して、なんとか金を工面《くめん》しようと思ってるところですから」

『アテはあるんですか?』

「ええ、一応。相手に迷惑がかかるのでこれ以上言えませんが」

『いい返事を期待してますよ。それでは、これで失礼します』

その言葉を最後に、電話は切れた。丁寧な物言いだが、それだけに不気味な感じがする。

自分の置かれた状況を目の当たりにした菅原は、再び瀬木谷のことを思い出していた。

この厄介ごとを解決するまでは、瀬木谷やシルクとは距離を置こうと決めていた。巻き添えなんて、最悪だ。だからこそ、ノルマがあると言われて出かけたパーティー会場でも、二人を避けていた。今は、行かなければよかったと思っている。

『また悩み相談か？』

瀬木谷の姿を見て、シルクのノルマに協力するためというのはただの言いわけだと気づいた。本当は、ただ会いたかったのだ。ただ、その姿を見たかった。

自分の問題に巻き込むわけにはいかないと敢《あ》えて避けていたのに、会いたいという気持ちを抑えられずに、パーティーに向かった。まったく、救いようがない。

しかも、自分が厄介ごとに巻き込まれたことに二人がうすうす気づいているとわかり、動揺するあまり誤魔化そうとしてつい挑発してしまった。

『なんでも金に換算するお前に言われたくねぇよ』

あんなふうには思っていない。思っていないのにあんな挑発をした。しかも、キス一つ一万で請け負う守銭奴にあれこれ言われたくないなんて、言ってしまった。あれが、瀬木谷を怒らせ、あのあとの行動に駆り立てたのだ。

（くそ……）

瀬木谷が自分以外の人間とキスをする姿を思い出し、苛立ちを覚える。

相手はオカマだ。瀬木谷の恋愛対象にならない相手だ。酒の席での無礼講だ。だが、そんなことは関係ない。相手が誰であろうと、瀬木谷の唇を奪うなんて許せない。

今なら、相手が小さな子供でも嫉妬するだろう。

「俺、こんな嫉妬深かったか……？」

報われない想いだと諦め、自分の気持ちを殺してきたが、瀬木谷とイケナイ遊びに興じてから欲深くなっている。欲しいものを手に入れたいという気持ちが、強くなっている。

あれは、自分のものだ。

誰も手を出すな。

瀬木谷は、俺のものだ。

自分の奥から湧き上がってくる声に、菅原はぐっと気持ちを抑えた。それでも、心の声が消えることはない。

どんなことをしても、手に入れたい。必ず、瀬木谷を手に入れてみせる。

「俺のもんなんだよ」

本音が言葉になって零れ、菅原は自分の気持ちを再確認してため息をついた。どんなに理性でコントロールしようとも、この気持ちは変えられない。

人生の中で、これほど誰かを欲したことがあっただろうか。

「今はそんな状況じゃねぇか」

菅原は、こうしていても仕方がないと思い、出かける準備を始めた。アポイントの時間まではまだあるが、途中何があってもいいように早めに向かう。

まず、この問題を解決しないと瀬木谷と向き合うこともできない。瀬木谷を手に入れるためにも、解決したい。

そうしないと、いつどこの誰に持っていかれるか、わからない。もう、誰にもくれてやる気はなかった。

菅原は、必ずなんとかすると誓い、マンションを出た。

4

菅原が抱えている問題が何かわからないまま、さらに二週間が過ぎた。

シルクから連絡があり、菅原の様子が以前にもましておかしいということを聞いた。店に来なくなってから連絡してみたが、シルクの電話にも出ないという。

これまでこんなことは一度もなく、何か大きなトラブルに巻き込まれたという二人の予想がにわかに現実味を帯びてくる。瀬木谷もずっと気になっていて連絡しているが、やはり繋がらない。このままズルズルと会わないままでいていいはずがないと思い、瀬木谷は仕事を終えた足で菅原のマンションに向かっていた。

ちゃんと会って話をして、もし菅原が本当に何か困った問題を抱えているのなら、一緒に解決しようと思う。そうでなくとも、話を聞くことくらいはできる。親友が困っている時に、なんの助けにもなれない男になんか、なりたくない。

菅原のマンションに到着すると、エントランスで菅原の部屋のチャイムを鳴らした。けれども、応答はない。

「くそ……」

電話をかけてみたが、相変わらず応答はなく留守番電話サービスに繋がるだけだ。菅原の部屋が見える場所に回って建物を見上げても、窓から漏れる光はない。

単に仕事なのか、それとも自分を避けているのか。

そんなことを考えながらエントランスに戻ってもう一度チャイムを鳴らした。しかし、結果は同じだ。

「今日は絶対に帰んねぇぞ」

泊まりの出張という可能性も考えたが、とことん待つ覚悟をした。不審者扱いされないよう、少し離れた植え込みのところに座って待つことにする。しばらくじっとしていたが、ふと思い立ってスマートフォンで自分の口座にログインした。

残高を見るためではない。自分のしたことを直視するためだ。

パーティーの数日後、自分で入金した金が定期預金に入っていた。キスの安売りで手にした金だ。三十万ちょっとの臨時収入。とりあえず口座には入れてあるが、一円も手をつけずにいる。守銭奴とはいえ、さすがにキスで稼いだ金は素直に喜べない。

自分にもまともな感覚が残っていたのだなと思い、馬鹿を晒した結果をまじまじと見つめながら猛省し、当時を思い出す。

『金だ金だっ、金持って来ぉぉぉぉぉ〜〜〜〜〜〜〜い！』

まさに、『ご乱心』と言いたくなる騒ぎ方だった。消したい過去のワーストスリーに入るらんちき騒ぎだ。いや、ワーストワンかもしれない。思い出しただけで悶絶《もんぜつ》してしまう。あれを、菅原の前でやったのだ。記憶から抹消してしまいたい。

「はは……。俺はどうしてこうなんだ」

もう二度とあんな馬鹿な真似はしないと、心に決める。

植え込みの中から、気の早い鈴虫の声が聞こえてきた。まだまだ熱帯夜も多いが、日が落ちると気温がぐっと下がる日も出てくる。

夏の終わりを感じるこの時期は、夜の空気に寂しさが漂う。

どのくらい経っただろうか。道路側から足音が聞こえ、瀬木谷は顔を上げた。スーツを着た男が来るのが見え、それが菅原だとわかる。パーティーで会って以来だ。

「よぉ」

「ガク」

菅原の表情から、瀬木谷が来たことを歓迎していないとわかった。

着信には気づいているだろうが、さすがにマンションにまで来るとは思っていなかったようだ。瀬木谷を見る目は、戸惑っている。しかし、果たしてそれだけだろうか。

対峙《たいじ》するように立っている菅原からは、何かを警戒している様子が窺えた。明らかに、周りを気にしている。

「留守電入れてただろう」

「聞いてない」

そっけなく言われ、心が折れそうになった。さらに、スマートフォンを持つ瀬木谷の手許に菅原の視線が移ったかと思うと、挑発される。

「また残高チェックでもしてたのか？　相変わらず金が好きだな」

これまでどんなに守銭奴ぶりを非難されてもなんとも思わなかったが、キスの安売りをして以来、その言葉は瀬木谷を責めるのに効果的なものになっていた。特に菅原に言われると、怯《ひる》んでしまう。

「なぁ、お前さ、わざとそういう態度取ってるのか？」

「何が？」

「お前が挑発なんて、らしくねぇからな」

「らしくねぇって……俺のことよく知ってるな」

鼻で嗤う菅原は、瀬木谷がよく知っている菅原ではなかった。

よく知っているつもりだったのに、知らない菅原をこのところたくさん見た。牡の一面。そして、こういう突き放した態度。その言葉どおり、知っているつもりになっていただけで何も知らなかったのかもしれないなんて、弱い気持ちが顔を覗かせる。

それでも勇気を振り絞って、今日ここに来た目的を果たそうと真面目に聞く。

「お前、何か変なことに巻き込まれてねぇか？」

単刀直入に言うと、菅原の表情が少し変わった。ほんのわずかな変化だが、それを見逃すほど浅いつき合いではないと、弱気な自分に言い聞かせる。

「何かあるんなら言えよ。水臭ぇ」

「お前には関係ねぇよ。金が友達なんだろ。俺より金と仲良くしてろ」

より挑発的になる菅原に、さすがにムッとした。単に金のことを言われたからではない。菅原が、頑《かたく》なに何かを隠し続けているからだ。

そして、菅原にこういう台詞を言わせる自分にも、腹が立つ。菅原が誰かの相談に乗って以来様子がおかしいと聞いてから、随分《ずいぶん》時間が経った。その間、意地を張り、酒に溺れて馬鹿な真似をし、菅原が直面している問題が何かいまだにわからないままだ。

本当に問題を抱えているのかどうかすら、確信できていないのだ。

「見え見えなんだよ、大輔。お前……、おい、他人の話聞いてんのか？」

「女が来るんだ。とにかく帰れ」

菅原は、そう言い残して歩き出した。周りを気にしていたのは、女が来るからだったのかと思うが、にわかに信じられず、すぐに追いかけてマンションの中へと入っていく。

「おい、待てって！」

「それとも俺の女見てくか？　金よりイイぞ。お前にはわかんねぇかもしんねぇけどな」

その言葉に一瞬怯んだ瀬木谷は、菅原の乗ったエレベーターが上の階へ行くのを黙って見送った。さすがに帰ろうかと思ったが、いや駄目だと思い直し、非常口のドアを開けて階段を駆け上がっていく。

「くそ……っ、運動、不足、だ……っ。……はぁ……っ」

息が上がるが、部屋に入られたら今日は話ができなくなる。ここで引き下がるわけにはいかないと思った。喰い下がらなければと思う。

諦めて帰ったと思ったのだろう。非常口から瀬木谷が出て行くと、菅原は驚いて目を見開いた。普段から無駄なことはしない、金にならないことはしない、と口にしているだけに、こんな真似をするのが信じられないようだ。

「はぁ……っ、……っく、……逃げられると……っ、思うなよ……っ」

膝に手をついて息をつくと、菅原が部屋に入ろうとするのが見えた。

(させるか……っ)

すぐに駆け寄るとドアの隙間に足を突っ込み、躰を滑り込ませる。

「逃げる、なよ……っ、……はぁ……っ、大輔……っ」

「いい加減にしろ」

本当にうんざりといった態度に、さすがにくじけそうになった。シルクの言うことがただの思い過ごしで、本当にただ面倒で話をしたくないだけなのかもしれないという気持ちに駆られる。

「帰れ。仕事で疲れてるんだ」

「女が来るんじゃなかったのか？　さっきと、言ってることが違うじゃねぇか」

「ああ、嘘だよ。お前に帰ってほしいからそう言ったんだ。そんなこともわかんねぇのか」

冷たい視線を残して部屋の奥へと入っていく菅原を追い、瀬木谷も靴を脱いで上がり込んだ。すると菅原はカバンを置き、スーツの上着を脱いでネクタイを緩めながら鬱陶《うっとう》しそうに言う。

「勝手に入ってくるな。風呂入って寝たいんだよ」

「嫌だね」

瀬木谷の言葉に、菅原の目が鋭くなった。明らかに苛立っていることが、その視線から手に取るようにわかった。なぜこれほどまでに、瀬木谷を遠ざけようとするのか。

その理由を知るまで、帰ってはいけない気がする。

「いい加減にしろ、ガク。俺は機嫌が悪いんだ」

静かだが、足が竦《すく》むような声だった。本気で瀬木谷を追い返そうとしているのがわかる。

（どうしてなんだ、大輔）

途方に暮れた。

これほどまでに頑なな態度を取られる理由がわからず、長いつき合いにもかかわらず菅原が何を考えているのか見当もつかない。

「大輔。お前、なんなんだよ」

声に力がないのが、自分でもわかった。情けない声だ。それでもなんとか自分の思いを伝えようと、必死で言葉を絞り出した。

「この頃おかしいだろ。シルクだって心配してる。俺らに何隠してるんだ？　何かあるなら言え。力になるから」

菅原はその言葉に唇を歪めて嗤い、ネクタイを緩めながら小馬鹿にしたような顔をしてみせる。

「力になる？　お前が？　一円にもならないことするなんて、めずらしいな」

「お前だからだろ」

「はっ、俺の厄介ごとに首突っ込んでる暇があったら、オカマ相手にキスのサービスでもしたらどうだ？　そのほうが金になるだろ」

パーティーでの無礼講は自分でも反省していただけに、何も言い返せなかった。情けない姿を見られた恥ずかしさもある。けれども、さすがにこんな絡まれ方をされて冷静でいられるほど人間ができているわけでもない。

平行線のままの会話に、瀬木谷の感情は苛立ちに支配された。

「いつまでもネチネチネチネチ、てめぇは嫁いびりする姑《しゅうとめ》か！」

思わず胸倉を摑み、締め上げて睨《にら》んだ。だが、そんな瀬木谷を挑発するように、菅原は唇を歪めて見下ろしてくる。

「はっ、後悔してんのか？　お前が？　金を稼げたのにか？」

感情的になってはいけないと頭ではわかっているが、限界だった。

「金が好きで悪かったな！」

「ようやく本音が出たか」

「ああ、少なくとも金はてめーみてぇに、いつまでもチクチク嫌み言ったりしねぇからな」

「だったら、なんで俺に構うんだ？　もしかして、アレの続きをしてもらいに来たんじゃねぇだろうな。俺の手であっさりイッたもんなぁ。金が好きすぎてあっち方面はさっぱりなんじゃねぇのか？」

次々と胸に刺さることを言われ、また言葉につまる。図星なだけに何も言い返せず、顔を赤くしながらただ凄むことしかできない。

「……てめぇ」

「なんだ、図星か。金のためならなんでもするんだろうが。キス一回一万だもんなぁ。シルクにはしてやったのか？」

瀬木谷だけでなく、シルクまで侮辱《ぶじょく》するようなことを言い始める菅原に、さすがに感情を抑えきれなくなる。

「大輔。それ、本気で言ってんのか？」

「ああ。当たり前だ」

言いながら、菅原は脱いだスーツの上着の中から財布を取り出した。

「そういや、俺には十万でケツ貸すとも言ってたな」

確かに言った。シルクが、いくらで自分を抱いてくれるかと聞いてきた時だ。あの時は、ノリで答えた。本当にそんなことにはならないという前提のもとで言ったことだ。

そのくらい特別な友人だという意味なのは、菅原もわかっているだろう。

取り出した長財布を開く菅原に、何をするつもりだと見ていると、まるで紙吹雪でも散らすように金を宙に放り投げる。

「運がいいな、ガク。明日入り用でな、ちょうどここに十万ある。そんなに金が好きなら、これやるからケツ出せよ」

一万円札が、ヒラヒラと舞った。目の前を落ちていく金の向こうに菅原を見ながら、自分の理性が崩れていく音を聞く。完全に崩壊だ。

（この野郎……）

まさか、ここまでするとは思っていなかった。ここまで他人をコケにする奴だなんて、思っていなかった。だが、菅原の挑発は止まらない。

「なぁ、守銭奴。その金で俺にケツ振ってみせろよ」

床に落ちた一万円札を見回し、静かに視線を上げて菅原と目を合わせた。そして、妙に冷めた気持ちになる。

「こんなはした金で、俺が満足するとでも思ってんのか？」

「足りねぇってのか？」

「ああ、足りないね。こんな挑発するなら、百万くらい出すって言ってみろよ。お前、他人を馬鹿にする割にセコいなぁ。それに、お前本当にできるのか？」

「なんだと？」

「お前に、そんな度胸あんのかって聞いてるんだよ、大輔」

やめろという自分の声は、無視した。遠慮なんかしてもしょうがない。喧嘩すべき時は、本気で喧嘩すべきなのだ。本気で怒っていい。

「いろんな人間に相談持ちかけられて、無駄な苦労背負ってるようなお前に、本当にそんな真似ができるのか？　俺を抱けるのか？」

売り言葉に買い言葉。

わかっていたが、ここで引き下がる気はない。それがわかったのか、菅原は無言で瀬木谷に背中を向け、引き出しの中を漁ってから再び前を向いた。手にしているのは、手のひらに収まるサイズのものだ。投げてよこされ、思わず受け取る。

軟膏《なんこう》の瓶だ。

「じゃあ、あとで振り込んでやる。口座番号を教えろ」

本気で金を振り込むつもりなのかと疑いの目で見ていると、上着のポケットを探られ、スマートフォンを奪われる。いつもこれを使って銀行口座にアクセスしているため、すぐにわかったようだ。メモを取った菅原は、挑発的に言う。

「逃げるなら今のうちだぞ」

菅原の目は、本気だった。

「泣き言、漏らすなよ」

「そっちこそ……っ、……っく」

両手で顔を掴まれ、脅すように言われた瀬木谷は、必死で目を逸らすまいと菅原を睨み返した。奪うように、唇を奪われる。

「ん……っ、……ぅん……、……んっ」

以前したのと同じキスだった。

いや、あの時よりもっと悪い。もっと情熱的だった。怒りのせいなのか、それとも別の理由があるのか、菅原は明らかに我を失い、夢中で貪ってくる。そこには、先ほどのように瀬木谷を挑発する余裕も、見下した態度も感じなかった。この行為を通じて伝わってくるのは、切実な求めだ。

「はぁ……、……ん……、……ぅん……っ」

唇がこんなに敏感だとは、思わなかった。熱を帯び、病魔に冒《おか》されていくように甘い痺れに襲われる。それは全身に広がっていき、触れられていない部分まで感じやすくしていた。自分が吐く息にすら、反応している。

こんな感覚を抱くのは初めてで、それだけでも戸惑いは大きくなった。

「んぁ……、……ん、……ぁ……む……、……ぅん……っ、……ふ」

繰り返し無言で口づけてくる菅原に、無意識のうちに逃げようとしていたのか、壁に押さえつけられて逃げ場を奪われた。ついばまれ、熱に浮かされたように微かに唇を開くと、舌が入り込んでくる。口内を蹂躙するそれに戸惑いながら、この行為の意味を感じた。

頭で考えるのではなく、伝わってくるものを信じるなら、菅原には心があった。まるで、愛していると告白されているような錯覚すら抱いてしまう。

渡された軟膏の瓶が、手から滑り落ちた。ハッとなり、目を開けると、真剣な目で凝視してくる菅原の男らしい顔がある。

「ガク……」

そんな声で名前を呼ぶ男が、親友の躰を金で買おうとしているようには思えなかった。瀬木谷を執拗《しつよう》に挑発したのも、シルクを侮辱するようなことを言ったのも、本心ではない。

なぜ、今頃気づくのか。

自分の愚かさに呆れるが、今さら気づいたところで菅原を止めることはできないとわかっていた。一度火のついた獣を宥めるのは、何よりも難しい。

そして、火がついたのは何も目の前の親友だけではないともわかっていた。

「大輔……っ」

「だから……っ、帰れって……言ったんだよ」

「何……言って……、……ぁ……っく」

「お前が……、挑発、したんだぞ、もう……知らねぇからな」

我を忘れて襲いかかってくる菅原は、恐ろしく魅力的だった。きっかけが挑発だとか、関係ない。今、瀬木谷が菅原に感じているのは、激しい想いに突き上げられるまま欲望を剝《む》き出しにする一途な気持ちだ。

情熱的な手。

瀬木谷は、やけになった菅原の魅力にあてられていた。追いつめられた者独特の、切実な求めに心が震えた。これほどまでに強く求められると、身を差し出すことに悦《よろこ》びを覚えずにはいられない。

「ぁあ……っく、……痛ぅ……っ、……ぁ……あ、あっ」

首筋に噛みつかれ、ぞくりとしたものが全身を駆け抜けた。

ずっと堪えていたのかもしれない。このところおかしかったのは何か理由があるからで、瀬木谷の挑発にタガが外れた。それをわかってやれなかったことを反省するが、同時に、こうなれたことを嬉しくも思う。

らしくない菅原も、イイ。

そんなふうに思ってしまうなんて信じられないが、目の前にいる菅原はあまりにも魅力的だった。いつも他人に頼りにされ、人望を集め、自分だけでなく他人の悩みまで抱え込んでしまうようなお人好しの男が、これほどまでに変貌するのだ。

あの時もそうだった。

酔った勢いもあって軽いノリでキスした時、菅原は本性を見せたのだ。隠していた欲望を見せつけられ、魅せられて流された。誰にでもするのかと問いつめられた。うつ伏せにされ、擬似的なセックスをした。

あの経験が、瀬木谷の奥に小さな種を植え込んでいたのかもしれない。

本当に繋がっていなくても、どんなふうに相手を抱くのか知っている。

本当に繋がっていないからこそ、繋がってみたくなる。

（大輔……っ）

こんなにも求めていたのかと、自分でも驚きを隠せなかった。男である自分が、こんな気持ちを抱くなんて信じられない。

肉体的な悦び。精神的な悦び。倒錯めいた動物的な衝動が、自分を支配しようとしているのがわかる。

「——はぁ……っ、……ぁ……あ……、……はぁ……」

シャツの中に伸びてきた手が、際どい部分に触れた。脇腹から胸板にかけて、乱暴に撫で上げられる。たまらなかった。

なんて触れ方をするのだろうと思う。手のひらから伝わってくる菅原の体温は、我を忘れてしまいそうなほど、熱い。さらに注がれる視線に羞恥を覚え、顔を背ける。

「見る、なよ……」

「なんで？」

執拗に瀬木谷の表情を見たがる菅原の顔は、想いを重ねてきた人間のそれだった。肉欲だけに溺れている人間は、こんな熱い視線を注いできたりしない。すぐに繋がろうとしないのも、単に男同士の行為に躊躇しているわけではなく、暴走しそうになる自分を必死でコントロールしようとしているからだ。

こうして躰を重ねてみて、ようやくわった。

「待……、……だ、大輔……、……」

「待てるか」

膝で膝を割られ、股間を押しつけられる。スラックス越しでも雄々しくそそり勃《た》っているのがわかり、頬が熱くなった。さらに腰を押しつけられ、密着させたまま卑猥に腰を回されて体温がさらに上がっていく。

「勃ってんぞ」

「ぁ……、……はぁ……っ、当たり……ま……、……っく、刺激、されりゃ……、……あ」

「それだけか？」

さらに腰に回された手で引き寄せられて、より密着した状態で互いの屹立を感じた。我慢できず、自分からも腰を浮かせて刺激を求めてしまう。一度そうしてしまうと、あとは欲望に身を任せるだけだ。

（あ……）

上着を剝ぎ取られ、ネクタイを引き抜かれてワイシャツをスラックスから引き摺り出される。まるで、その行為一つ一つを確かめるように、ゆっくりとした動作に、より羞恥心は増した。

さらに、心の中をも覗き込むように瀬木谷の目を凝視したまま行為を続ける菅《こ》原に、どんな反応も見逃すまいとする意志が感じられ、見られる恥ずかしさに身を焦がす。

「何……見て……」

「逃げるな」

耳許で囁かれた声は、欲望に濡れていた。まだ理性を残してはいるが、いつ完全に本能に呑み込まれてしまうかわからない。その瞬間を恐れているのか、それとも心待ちにしているのか、自分の気持ちが見えなかった。

「おま……っ、……そんな……」

「百万、払うって……言った、だろうが……」

こんなに気持ちの伝わる触れ方をしておいて、今さら金の話をしてみせる菅原に、より強く惹かれた。不器用なところを残しながらも、自分を翻弄《ほんろう》する男が憎らしくてならない。

「馬鹿……、……ま、待てって……、……ぁ……っ」

ズルズルと座り込むと、逃がすまいとするように菅原もゆっくりと膝をつく。スラックスをくつろげられ、中心の先端が下着から覗いているのを見られ、耳まで真っ赤になった。

「何見て……、……ぁ……く！」

菅原に口に含まれる瞬間、その姿は強烈な印象となって瀬木谷の心に刻まれた。

「んぁ……っ！」

掠れた声が、喉の奥から迫り上がる。

なんて愛撫だ。握られ、容赦なく舌を絡められ、瀬木谷の中心は張りつめていった。先端から溢れる甘い蜜は、何よりもその心を表している。肉欲だけでは説明のつかない愉悦に、これまで重ねてきた親友としての関係と、菅原に抱くもう一つの想いを強く感じる。

「はっ、……あっ、……はぁ……っ、……待て、……大輔……っ」

頼むから……、と懇願するが、愛撫の手が緩められることはなかった。半ば無理矢理高みに連れて行こうとする強引さは、むしろ向けられる気持ちの表れに思えて悦びを感じた。昏の間から、次々と甘い声が漏れる。どう取り繕っても隠せない本音だ。

「待てって……っ、……駄目だ……、出そ……、……ぁああ……っ！」

言うなり、瀬木谷は下半身を震わせた。あっさりとイッてしまったことが、信じられなかった。それ以上に、菅原がなんの躊躇もなく瀬木谷の放ったそれを呑み込んだことが、信じられない。

「ガク……」

ゆっくりと顔を上げた菅原の表情を見て、また躰がジンと熱くなった。

菅原の視線が、床に移動した。それを辿ると、瀬木谷が先ほど落とした軟膏の瓶がすぐ近くに落ちているのに気づいた。菅原の手がそれに向かって伸びるのを、ただ眺めていることしかできない。あれを使って何をするのかわかっていたが、先に手を伸ばすこともできない。

菅原は瓶の蓋を開け、軟膏をたっぷりと掬った。途端に、自分が先にあれを取らなかったことを後悔する。

「まだ、これからだぞ」

「ちょ……、待て……、待てって……っ、——ぅ……っ」

「気持ち悪ぃか？」

不快感とも違う、痛みとも違う。何かわからない感覚に襲われた。後ろを軟膏でたっぷり濡らされる恥ずかしさも手伝い、弱気な声で抗議する。

「……ぁ……、……はぁ……っ、……待て……って……、無理、だ……って……っ」

「無理なもんか」

「んぁ……ぁあ……、……あ……、……ぁ……っく！」

指が、蕾《つぼみ》を押し広げて中に入ってくる。異物感に、どうにかなりそうだった。逃げようとするが、完全に追い込まれているため、それすらもできない。ただされるがまま、指で後ろを広げられるばかりだ。

「大輔……っ、……大輔……、待……っ、――大輔……っ！」

「ちゃんと、息しろ、……息を吐いたら、楽になるぞ」

「……ぁ……っく、……か、簡単に……、言う、な……っ、……ぁあっ！」

軟膏のおかげで滑りがよくなっているため、一度指を挿入されると痛みは消えたが、圧迫感と違和感に苛まれた。

苦しいのか、気持ちいいのか、よくわからない。ただ、未知の感覚に躰はついていかず、無理矢理拓《ひら》かされる戸惑いに、自分がどんな声をあげているのかなんて構っていられなかった。

「だから……、指……、動か……なって……っ、――あぁぁ……」

わざとやっているとしか、思えなかった。ゆっくりと、だが容赦なく指を出し入れする菅原からは、サディスティックな欲望が見え隠れしている。

それなのに、この悦びはいったいなんなのだろうと思う。

「も……やめ……、……ろ……って」

「やめてほしくなさそうだぞ」

「んなこと……っ、あるか……」

「そうか？　色っぽい顔になってる」

「う……っ。……ぁあ……、……はぁ……っ、……あ」

何度も指を出し入れされ、ほぐされていくのがわかった。柔らかく、男を受け入れる場所であるかのように、蕩け、吸いつき始めている。

「挿れるぞ」

血走った目で言われ、息を呑んだ。スラックスをくつろげ、あてがってくる菅原に、逃げることすらできない。

「ぁ……っく」

「力抜け」

「待……っ、……無理、だ……」

「今さら何言ってやがる」

「そんなん……、は……入る、わけ……」

「入るさ、……頭ん中じゃ……何度も、挿れてる」

「馬鹿言う……っ、……あ！」

グッと押し当てられ、菅原が本気で自分を刺しにかかっているとわかった。このままでは、本当に貫かれる――そんな危機感に見舞われるが、同時に抱くのはこの先にあるものを知りたいという思いだ。瀬木谷も、最後まで抱かれたいと望んでいる。

「はぁ、……っく、ぁあ、……ぁあ……ぁ……あー……っ！」

声を押し殺す余裕など、なかった。熱の塊《かたまり》に引き裂かれながら、瀬木谷は自分が感じているのが紛れもなく悦びであることを知った。

もう、なぜ自分たちが抱き合うことになったのかなんて、どうでもいい。

「大輔……、……はぁ……っ」

いとおしむように、だが情熱を伴って襲いかかってくる菅原を味わった。

熱の塊が侵入してきて、その背中に回した腕に力を籠《こ》める。中に入ってくるのを歓迎するかのように、強く抱き締めてより深く入ってきてくれと無意識に懇願した。

「……きだ、……ガク」

獣じみた息遣いの合間に漏れた、菅原の本音。だが、それを確かめる間もなく、凄絶な快

楽の嵐に呑み込まれてしまう。

「んあぁぁ……、……は……ぅ……っ、……っく、……あ！」

少しずつ、だが力強さをもって自分を突き上げる腰つきに、我を忘れた。幾度となく奥を突かれ、そのたびに脳天まで衝撃が突き抜ける。

出し入れされる刺激にも、狂わされた。

擦られ、縋るように抱き締めてしまう。苦痛は次第に別のものへ姿を変えていき、淫欲の中へ身を投じた。貪ることを、やめられない。

（あ……、やば……、……やば……い……）

信じられなかった。形容しがたい快楽に、イきそうになるのを堪え、強く唇を噛んだ。こうしていないと、迫り上がってくるものに身を任せてしまいそうだ。

「……ぁあ、……っく」

「イイか？」

「……大輔……っ、……っく、……そこ……、……ぁ……」

「イイのか？」

何度も聞かれ、耳まで赤くする。聞かなくても、わかっているだろう。

「俺はイイぞ、ガク。……お前の……中が、……こんなに熱い、なんて……、——っく！」

イきそうになったのか、一瞬動きを止めた菅原だったが、またすぐにリズミカルな抽挿《ちゅうそう》が始まる。耳にかぶりつかれ、痛みとともに襲いかかってくる愉悦に完全に呑まれ、縋った。縋って、自分からも求め、もっと欲しいと訴える。

「大輔……っ、……大輔……、……ぁあ」

繋がった部分が溶け出してしまいそうで、これほどの快楽があったのかと驚きを感じながら、その夜、瀬木谷は菅原とともにただ欲望の獣と化した。


翌朝、目を覚ますと菅原はいなかった。

瀬木谷は一応ベッドにいるが、床に散乱した衣類を見て、昨夜どれほど獣じみた行為に酔い痴《し》れたのかを思い知らされる。すぐに起き上がることができずに、しばらくこの状況を黙って噛み締めるが、いつまでも寝ているわけにはいかないと身を起こした。

「いてて……」

下半身が重く、自分の躰と思えないほど自由が利かなかった。ベッドに座ったまま、もう一度部屋を見渡す。人の気配はなく、トイレからもバスルームからも物音はしない。

「あいつ、もう出勤したのか」

目覚まし時計で時間を確認すると、まだ六時前だった。顔を合わせたくなくて早く出て行ったのだろうと思い、気持ちは沈む。そして、サイドテーブルの上に鍵と一緒にメモが置いてあることに気づいた。

『これに懲りたら一人で来るな』

そっけない言葉だ。昨日のことについては、何も書かれていない。

「あの野郎……」

挑発に乗った自分も悪いが、あんなふうに情熱的に抱いておいて、このそっけなさ。あまりにアンバランスで、呆れる。こういう態度を取るのには、何か理由があると言っているようなものだ。それは、短く残されたメモにも表れていた。

『もう二度と来るな』ではなく『一人で来るな』だ。

来てほしくないわけじゃない。二度と顔を見たくないと愛想を尽かされたわけじゃない。

あの言葉の意味するところは、今自分は普通じゃないから危険だという警告だ。

おそらく――いや、絶対にそうだ。

「自惚《うぬぼ》れるぞ、あのエロガッパ」

無意識に本音が刻まれたメモを眺めながら、そう零す。

あの行為がただの勢いや性欲処理ではないのは明らかだ。想いがあった。自分を抱く熱い腕に、菅原の気持ちを感じた。勘違いなどではない。

このところ、自分が知らなかった菅原の一面ばかりを見てきたが、人間の根本はそう変わらない。根っこのところは同じだ。

「大輔。お前、俺のこと好きだろ」

一人の部屋で、今ここにいない男に向かってそう聞く。

「俺もだよ」

口に出して言い、菅原がいないとなぜこんなにも素直になれるのだろうと思った。この十分の一でも本人の前で素直さを出すことができたら、こんなすれ違いは起こさなかったはずだ。もっと冷静に話をすることができた。力になることもできただろう。

「しょうがねぇだろ、男なんだから」

見栄や恥ずかしさ、照れやプライド。いろいろなものが絡まって二人の間を複雑にしていた。わかっているが、どうしようもない。

男と女なら簡単だったなんて言っても、現実二人は男と男だ。変えようがない。女になることもできない。肉体的にも、精神的にも……。

それなら、男のまま男である菅原を好きでいるしかない。腹を括るしかないのだ。

「なんで、こんなに面倒臭いんだろうな」

菅原に対する気持ちは単純なほどストレートだが、状況はあまりにも複雑だ。それでも、ようやく見えてきた真実に、二度と自分の気持ちが迷子になることはないと確信した。

好きだ。

菅原が好きだ。

一度そう強く想うと、気持ちは次々に溢れてくる。

好きだ。

あの不器用な男が好きだ。頼り甲斐があって、適度に遊びも心得ているが、真面目で誠実な人柄は根っこのところにあって菅原という人間を形成している。そして、顔に似合わずむっつりすけべだ。瀬木谷が考えつかないようなことを、仕掛けてくる。

あの豹変ぶりには驚かされたが、それもまた魅力の一つだ。

一つ一つ挙げていくと、キリがない。

「あー……、なんでここにいねぇんだよ～」

瀬木谷は、どこにもぶつけられない菅原への気持ちを絞り出すように口にした。

まるで自分を突き破って出てきそうだ。それくらい、はっきりした想いが瀬木谷の中にある。

今なら、自分の気持ちを言えそうな気がする。いや、もしかしたら、菅原の顔を見たら、また素直になれずに喧嘩になってしまうかもしれない。けれども、今この気持ちを伝えたいという気持ちは紛れもなくここにあった。

「……なんで……いないんだ」

力なくつぶやき、自分の中で大きくなっていく菅原への想いを感じていた。

「好きなんだよ。……好きだ。大輔。好きだ。……好きだ、大輔」

何度口にしても収まらず、瀬木谷は再び突き上げるまま衝動に身を任せ、大声で叫んだ。

「あー、くそ！　お前が好きなんだよ、このとうへんぼく！」

静まり返った部屋に、その声が虚しく響く。

叫んで少しはすっきりしたが、それですべてが解消するわけではない。これを本人に伝えなければ、意味はないのだ。

「絶対にわからせてやるからな」

およそ自分の恋心を伝えようとする人間の台詞ではないが、瀬木谷はそう決心した。ここまでこじれた関係を修復するのは難しそうだが、これ以上悪いことにはならないと思うと、腹を括ることができた。


現実は、そう上手くいかない。

あれから一週間が過ぎていた。菅原の部屋から出勤した瀬木谷は、仕事を終えたその足で再び菅原のマンションに行ったが、その可能性を考えてか菅原は帰ってこなかった。意地になって次の日も行ったが、同じだった。

ホテルにでも泊まっているのか、それともただの出張か。しかも、電話も繋がらない。

自分の気持ちを直視し、受け入れることができるようになったはいいが、それは瀬木谷サイドの話で菅原は相変わらずだった。学生ならまだしも、社会人として仕事を抱える身だ。色恋沙汰を最優先させるわけにはいかず、出張が重なったこともあって、状況は進展どころか停滞したままだ。

「ここまで惚れさせといて、まだ俺から逃げるか」

会社に帰る途中の車で、瀬木谷は不機嫌極まりない声でそう言った。

最近独り言が多くなったと自分でもわかっているが、明らかに菅原関係のつぶやきだ。心の中で考えたことが、つい口から零れてしまう。一人の時はいいが、人前でやってしまうことも多いため、最近は不審がられている。

せっかくのモテ男が、危険人物扱いだ。今日などは上司から「悩みがあるなら相談に乗るぞ」とまで言われた。

「大輔の奴、今度会ったら覚えとけよ」

あまりに恨めしくて、また声に出してしまう。

その時、メールの着信音がした。まさか菅原かと思い、内ポケットからスマートフォンを出すが、期待は見事に外れている。銀行からだ。

しばらく走り、赤信号で停車した時に内容を確認すると、入金があったという連絡だとわかる。口座にアクセスしてみると、菅原から残り九十万が振り込まれていた。

目を疑いたくなる事実に、頭を抱え、深々とため息をつく。

「本当に振り込むなよ。あの馬鹿」

落ち込んだ。

金が振り込まれていたからではない。菅原が、本気で一晩百万で瀬木谷を買ったなんて思っていなかった。人の尊厳やプライドを踏みにじって、平気な顔をしていられるような男ではない。

金を振り込んだのは、わざとだ。

つまり、これは菅原が大きなトラブルに巻き込まれている証拠だと言える。

こんなことを菅原にさせてしまった自分が情けなかった。話をしに行ったのに、性懲りもなくまた喧嘩をして、嫌な人間を演じさせた。二人で快楽に溺れたことは後悔していないが、あそこで真実を追究しないままになってしまったことは、やはりまずかったと思う。

そして、菅原がこんなことをしてみせてまで自分から瀬木谷を遠ざけようとしているということは、それだけ菅原を取り巻く状況は悪いと言える。行為の最中に見た思いつめたような目も、それを示唆《しさ》していた。

「あー、くそ。こんなウジウジしたのは性に合わねぇんだよ」

瀬木谷は、スマートフォンにイヤホンを繋ぎ、シルクへ電話をかけた。車を走らせながら、シルクが応答するのを待つ。

『もしもし、ガクちゃん?』

「シルクか?」

『どうしたの?』

話をしながら、頭の中で計画を練る。綿密とは言えないが、何もしないよりいい。

「まだ大輔と連絡取れないんだろ?」

『ええ』

「あいつを呼び出すぞ。協力しろ。仕事が終わったら行くから、店で待っててくれ」

『呼び出すって? 電話に出てくれないのに?』

「俺に考えがある。お前が協力してくれれば、なんとかなるかもしれない」

『わかったわ』

それだけ伝えて電話を切ると、別のところに電話を入れた。計画を実行するための情報を仕入れ、イヤホンを外して助手席のシートに放ってアクセルを踏み込んだ。問題はクリアだ。あとは、仕事を終わらせてシルクの店に行くだけだ。

それから瀬木谷は、すぐに会社に戻ってパソコンの前に座った。いつも以上に意欲的に仕事をこなす瀬木谷に、何か異様な迫力を感じたのか、誰も話しかけてこない。普段なら世間話の一つもするところだが、オフィスワークを片づけるなり、誰も声をかけられないようなオーラを醸し出しながら会社をあとにする。

そしてその足で、シルクの店に向かった。今日は営業しているはずだが、店の前に看板は出ていない。しかし、ドアを押すとあっさりと開く。

出てきたのは、店に出ている時の衣装とは違う普段着だ。それでもかなり派手だが、今日は店を開ける気はないらしい。

「休みにしたのか?」

「ええ。今日は特別。臨時休業よ。オーナーにはあとで謝っておくわ」

シルクもよくわかっている。

「ガクちゃん。今日はこれからどうするの?」

「もう堪忍袋《かんにんぶくろ》の緒が切れた。マンションに行ったんだけどな、ずっと帰ってない。郵便物もたまってたしな」

「いつから?」

「一週間前だ」

「一週間前? マンションで何かしたの?」

ギクリとし、一瞬言葉につまった。なぜこんなに鋭いのだろうと思う。何かあったと気づかれるようなことは、口にしていないはずだ。それなのに、まるで見ていたかのようにピンポイントで当てにくる。

オカマの勘を侮《あなど》るなということだろうか。

それ以上問いつめてくれるなという目でシルクを一瞥《いちべつ》すると、仕方ないという顔をされる。

「追及しないことにするわ。でもいいわね、二人でこそこそイイコトして」

「そう簡単に言うな。おかげで悩んでんだろうが」

「でも、最後までしたんでしょ」

「う……」

「大ちゃんって絶対エッチだから、信じられないくらい気持ちよかったはずよ。意地っ張りのガクちゃんが、全部許しちゃうくらいだもん。理性が吹き飛んじゃったってことでしょ。ちょっとやそっと気持ちいいくらいじゃないわ。あたしだってあんなことやこんなことといっぱいしてもらいたいのにぃ」

唇を尖らせて羨ましがられ、確かに理性が吹き飛ぶほど気持ちいい思いをした身としては、何も言えなかった。かといって、見え見えの嘘とわかっていてそれを否定できるほど、図太くもない。

「でも、大ちゃんとガクちゃんなら許す。今度覗かせて」

「覗かせるか！」

こんな時でも、いつもの調子を崩さないシルクに少し救われた気がした。シルクまで深刻になったら、それこそ立ち直れない気がする。

「で、どうやって呼び出すの？」

「俺が大変だって電話しろ」

「でも、電話に出ないのよ？」

「留守電に入れるんだよ」

「引っかかってくれるかしら。それに大ちゃんが、来られない場所にいたらどうするの？マンションに帰ってないのって、長期出張なのかも」

「それは偽名で仕事の電話を装って、あいつの会社に電話して確認した。今日は夕方に会社に戻るって言ってたから、遠くには行ってないはずだ」

「あら、用意周到ね」

それから瀬木谷たちは、細かい打ち合わせと準備を始めた。シルクのアイデアも盛り込み、菅原を店に呼び出す計画を練る。準備が整うと、作戦開始だ。

まず、シルクが菅原の携帯に電話を入れる。やはり電話には出ないようで、留守番電話サービスに繋がったとシルクが視線で合図した。

「大ちゃん。大ちゃん、今どこ？」

店のＢＧＭが流れる中、いかにも営業時間中だというように小声で訴える。

「ガクちゃん、最近すごく荒れてるの。今お店にいるんだけど、連日飲みすぎで。お願いだから連絡ちょうだい。二人で話し合ったほうがいいわ。あらやだ。ちょっと何あの男たち。ガクちゃんを取り囲んで……、──ちょっと、おやめなさいよ。警察呼ぶわよ」

シルクが警察という単語を口にしたのを合図に、瀬木谷は店の裏に置いてあった資源ゴミを使って、まるでヤクザが店で大暴れしているかのように演出した。物が壊れる音やグラスが割れる音、言い合いでもしているような声。電話越しなら、嘘だとはばれないだろう。

「やだっ。やだガクちゃん。きゃ～～～～～～っ、ガクちゃんに何するのぉぉぉぉ～～～～～～っ！　ガクちゃんが連れてかれちゃう～～～～～っ」

迫真の演技だった。

これで十分だというところまで煽ると、まるで騒ぎのどさくさで電話が切れたように受話器を乱暴に置く。

「これでいい？」

「ああ」

「本当に来るかしら？」

「……聞くなよ」

自分でも、少し安易すぎたかと思った。そもそも、すぐにメッセージを聞くかどうかもわからない。次第に大きくなる不安から無言になり、店内は通夜のような空気になった。まるで故人の好きだった曲を聞きながら、その死を悼《いた》むかのような時間が続く。

だが、五分ほどしてシルクの店の電話が鳴った。瀬木谷とシルクは弾かれたように顔を上げて視線を合わせた。一緒に電話のディスプレイを覗き込むと、そこに表示されているのは、菅原の番号だ。打ち合わせどおり、電話には出ない。静かな空気をしばらく揺らしていたが、そのうち電話は鳴り止む。

続けてシルクの携帯が鳴った。やはり、菅原からの着信だ。先ほどと同じように着信音が鳴り続け、止まり、今度は瀬木谷のスマートフォンが鳴る。それでも出ない。再び店内に静けさが戻ってくると、もう電話は鳴らなくなった。

「騙されたかしら。ここに駆けつけてきてくれると思う？」

「さぁな」

それだけ言うと、再び沈黙が降りてくる。

あとは、待つだけだ。


来るだろうか。

あれから一時間が過ぎていた。シルクが出してくれたビールは、半分ほど飲んだだけですっかり温くなっている。

さすがに黙っていることに息苦しさを覚えたようで、シルクがボソリと言った。

「一時間経っちゃったわね」

言われなくても十分にわかっていることを指摘され、思わずジロリと睨む。

「お前、演技が濃すぎたんじゃねぇのか?」

「あら、迫真の演技だったじゃない。餌が悪かったのかも」

胸に突き刺さるような言葉に、恨めしげに見るが、否定できないところが悲しい。

「バレたかもな」

深々とため息をつき、次の手を考えなければと唸りながら頭を抱える。しかし、安易すぎたかと諦めかけた時、店のドアに誰かが慌ただしく飛びつく音が聞こえた。

(え……)

顔を上げ、出入り口を振り返る。すると、ドアが勢いよく開いた。

「シルク! ガクはっ⁉」

すごい勢いで飛び込んできたのは、菅原だった。諦めかけていただけに、瀬木谷は目の前のことすら信じられず、呆然と菅原を見ていた。

来た。

本当に来た。

あんな安易な手に引っかかった。

菅原は、助けに来るのだ。瀬木谷に何かあったと聞いたら、血相を変えて飛んでくる。店に入ってきた時の顔は、二度と忘れないだろう。あれほど焦りを貼りつかせた菅原の顔は、見たことがない。

(なんだよ、やっぱり俺のこと好きなんじゃねぇか)

思わず口許を緩めると、瀬木谷が無事で店にいることに戸惑っていた菅原は、ようやく状況が呑み込めてきたようで、心底恨めしそうな顔をした。

「お前……」

怒っているが、それだけ心配したということだ。

安堵し、少し余裕が出てきた瀬木谷は、言葉を失ったまま立ち尽くしている菅原に向かって当てつけがましく言ってやった。

「引っかかったな。ばぁぁぁああ〜〜〜〜〜〜〜か！」

これまで積み重なった恨みを籠めてやると、菅原はますます不機嫌な表情になる。

「ガク、てめぇ何嘘ついてんだよ」

「てめぇが全然電話に出ねぇからだろ。マンションにも戻ってねぇだろうが」

「だからってな、こんな手ぇ使って俺を呼び出すことねぇだろ」

「お前が素直に俺の電話に出てりゃあ、こんなことにはならねぇんだよ」

「素直じゃねぇのはそっちだろ」

「それはこっちの台詞だ。俺だっていろいろ悩んでたんだからな」

「金以外のことで悩むなんてめずらしいな」

「なんだと?」

「ちょっと、また喧嘩しないでよ」

シルクの声に、我に返った。菅原も反省したようで、難しい顔でため息をついてから頭を乱暴に掻いた。もう誤魔化しはきかないと観念したようだ。

「ったく、なんなんだよ」

菅原はスツールに腰を下ろし、弱音を吐く。そんな菅原に優しい言葉をかけるのは、やはりシルクだ。

「大ちゃん、何か飲む?」

「ああ。水くれ」

シルクは冷蔵庫から出したピッチャーの水をトールグラスに注いだ。菅原はレモンで香りをつけてあるそれに手を伸ばし、一気に飲み干してしまう。よほど慌てて駆けつけたのだろう。一杯では足りず、もう一杯催促し、半分ほど飲んでから吐き捨てる。

「心臓が止まるかと思ったぞ」

いつまでも脱力している菅原を見て、瀬木谷は違和感を覚えた。心底疲れたといった態度に、菅原が自分たちの嘘にこうもあっさりと騙されたのには、わけがあると気づく。

「どうしてそんなに疲弊《ひへい》してんだよ。お前、単に電話に騙されただけじゃねぇな?」

菅原は、すぐには答えなかった。瀬木谷を一瞥して、難しい顔でカウンターの一点を眺めるだけだ。催促はしなかった。自分から話をする気になるまで、じっと待つ。

「俺の問題に巻き込んじまったのかと思ってな。ったく、タイミング悪ぃんだよ。会社にも電話があったし」

「会社?」

「ああ、鈴木《すずき》って男からだ。会社には電話しねぇって言ってたんだがな」

「そりゃ俺だ」

沈黙が流れた。

なぜ固まっているのかと思ってじっと見ていると、菅原は信じられないとばかりの顔をする。

「ガク。今なんて言った?」

「だから、鈴木って名でお前の会社に電話したのは俺だよ。お前が今日出張で遠くに行ってないか確認したくてな」

「あれもお前か!」

立ち上がって叫ぶように言う菅原は、普通ではなかった。わけがわからない。

菅原は何か言おうとしたが、怒っても仕方ないと思ったようでまたスツールに座り直した。悩める男は混乱しているようで、うんうん唸っている。

「ねぇ、大ちゃん。大ちゃん、今何か厄介ごとを抱えてるんでしょう？　だから、あたしたちと距離を置いてるのよね？　ガクちゃんとエッチしちゃったことも少しは関係あるでしょうけど、根本的な問題もあるんでしょ？」

頭を抱えていた菅原が、弾かれたように顔を上げた。

「い、言ったのか？」

「言ったっつーかバレたっつーか。ははは……」

笑ってお茶を濁すしかなく、瀬木谷は頭を掻きながら明後日のほうを見た。すると、菅原はこれ以上悪いことは起きないとばかりに吐き捨てる。

「ったく、お前らは本当に他人の気も知んねぇで」

菅原はまたしばらく頭を抱えていたが、ここまでくると開き直るしかないと思ったようで、気を取り直したように話を始める。

「実はさ……」

ことの発端は、やはり居酒屋のカウンター席で隣に居合わせた男だった。悩んでいる様子だったため、つい、声をかけたのだという。誰かに話を聞いてほしかったのか、男は借金を抱えていることを告白し、身の上話が始まった。

「その人、俺の伯父さんだったんだよ」

「伯父さん？」

「ああ。ガキの頃によく遊んでもらってた人でな、自由人というかちょっと変わった人でな、親戚には悪く言う人もいたけど、俺はすごく好きだった。放浪癖もあって、よくフラッと海外に行ったりしてたんだけど、伯父さんから聞く外国の話は滅茶苦茶面白くてな。昔から家族に心配ばっかりかけて、就職もしなかったから、結局、勘当されちまった。それっきりだ。行方もわからなくて、俺は大好きな伯父さんだったからすごく残念でよ」

昔話をする菅原の表情から、その伯父さんのことがいかに大好きだったのかわかった。確かに、大人からすれば問題のあった人かもしれないが、放浪癖のある自由人なんて、子供にしてみれば普通の大人とは違う感覚で接してくれる『特別な大人』だっただろう。聞かされる海外旅行の話は、冒険小説のようにわくわくさせられるものだったかもしれない。

「すごい偶然だな」

「ああ。最初は自分の伯父さんだとはわからなかった。苦労したみてぇで、見た目も随分変わってたしな。最初はまったくの他人として話を聞いてたんだが、元気づけながら飲んでいるうちにそれが発覚してな。伯父さん、結婚してたらしい。それで、嫁さんの両親が亡くなって相続したんだ。二百万程度の財産だったけど。そのあとだ。負の遺産が見つかったのは。

連帯保証人だよ」

ようやく見えてきた。

被相続人死亡三ヶ月以内に手続きを踏めば相続放棄は可能だが、その間に借金の返済を行ったり、一部でも財産に手をつけたりすれば、相続することを認証したとされ、放棄はできなくなる。もちろん、連帯保証人のような義務も例外ではない。

そういったことを知らないまま、負の遺産がないか調べもせずに相続したのだろう。

「それで、なんでお前が大変な目に遭うんだ」

「借金ってのがな、表向きは一般の会社を装ってるけど、ヤクザが絡んでるんだ。企業舎弟ってのか？　今はおおっぴらに妙なことはできねぇけど、悪質なところみてぇでな」

「大ちゃん。もしかして、目をつけられたの？」

「ああ。別の日に伯父さんと会ってる時に取り立てが来て、面倒なことになった。もちろん俺には借金返済の義務はないけどな、伯父さんの親族ってことがばれて飛び火っつーか」

菅原ははっきり口にしなかったが、どんな状況なのか大体は想像できる。

法に触れないように、狡猾《こうかつ》なやり方で周りの人間を巻き込んで本人にプレッシャーを与えることはできる。そういったことにも、慣れているだろう。

たとえば、取引先の店舗で偶然を装って声をかけるだけでも、周りに迷惑をかける。人相の悪い人間が商品を選んでいれば、客たちは遠巻きにして店を出て行く。

小さなことだが、そういったことの積み重ねは、じわじわと効いてくる。

「実害出てんのか?」

「まだあからさまなことはされてない。だけど、ガキの頃に可愛がってもらった人だし、せっかく見つかったんだ。金を工面するのを手伝おうと思って。それだけじゃない。勘当同然で叩き出されたけど、もう時効だ。このまま他人のようになっちまうのもどうかと思ってな。実の兄だ。このまま関係を絶ったら、親父だっていずれ後悔すると思うんだ」

「お人好しめ」

呆れるが、これが菅原だ。

普通なら、子供の頃に遊んでもらって大好きだった親戚とはいえ、厄介な借金を背負った人間に自ら関わり、深入りするようなことはしない。だが、菅原はそういった常識が通じない男なのだ。当たり前のように、損得抜きで考える。

しかし、だからこそこれだけの人望があって人間的な魅力があるのだ。

目先のことだけ考えれば損ばかりしているだろうが、そういった人間的な魅力は菅原の人生において大きなプラスになっているだろう。信頼という、目には見えない大きな財産を持っている。

「その伯父さん、自己破産できねぇのか?」

「少額なら向こうも諦めるだろうがな。二千万だ。あっさり引き下がるには、損失が大きすぎる。いろいろ手を講じてくるかもしんねぇだろ」

　確かに、菅原の言うとおりだ。たとえ借金を無効にできたとしても、法律は身を守ってはくれない。闇金から数十万程度の小遣いを借りるのとは、わけが違う。

「それからな、シルクの電話に慌てたのは、督促《とくそく》の担当の名前が鈴木だったからだよ」

「え……」

　こんな偶然あるのかと、瀬木谷は苦い顔をした。

　よくある名前だからなんとなく使っただけだが、偶然にも取り立ての担当と同じ名前だった。その直後にあんな電話をすれば、誤解するのも当然だ。

「だから、完全にお前まで巻き込んじまったと思ったんだよ」

「嫁さんでも彼女でもねぇのに？」

「そうだよな。冷静になって考えりゃわかる。だけど、俺の会社にまで鈴木の名前で電話がかかってきた矢先だぞ。シルクは電話口でお前が大変だって叫ぶし、電話の向こうじゃなんか暴力沙汰になってるんじゃねぇかってすごい音してるし、誤解もするだろ」

　確かに、菅原の言うとおりだ。あとあと冷静になって考えればわかるだろうが、取り立ての担当と同じ名前で会社に電話がかかってきて、その直後にあの騒ぎだ。

　冷静な判断能力がなくなってもおかしくはない。

　どうやら、やりすぎたようだ。

「悪かった。お前をなんとか呼び出そうと思って」

「でも、それだけガクちゃんのことが大切ってことでしょ。冷静になって考えればわかることが、わからなかったんですもの。さっきの大ちゃん、本当にすごく慌ててた」

その言葉に、瀬木谷は顔が火照るのを感じた。嬉しいが、こうして改めて言葉にされると、恥ずかしくてしょうがない。

「水臭ぇな」

照れ隠しに、思わずそう言う。

「お前らを避けてたのは、俺の厄介ごとに巻き込みたくなかったからだ。何が起きるかわかんねぇしな」

俺の厄介ごと——伯父の抱えている問題を当たり前のようにそう言ってのける菅原に、思わず口許が緩む。馬鹿な奴だと思うが、だからこそこんなにも惹かれてしまうのかもしれない。

「解決策は考えてあるんだ。もうすぐ問題は解消するから、それまで待っててくれ」

「おい。この期に及んで一人で抱えるつもりか？」

「いいんだよ。金の問題だし、俺の気持ちを汲《く》んでくれ。今週の土曜日にホテルで決着する予定だ。ここまでお前らに隠してきたんだから、最後まで自分の力でなんとかする。もし駄目だったら、今度は相談するから」

そこまで言われると、何も言えなくなる。

「わかったよ。その代わり振り込んだ金は返すぞ」

「あれは……すまん」

「むかついたんだからな」

「だから、悪かったって。感情的になりすぎた」

心底反省しているといった態度を見て、ようやく許す気になった。こうなったのは、半分自分の責任でもある。

瀬木谷とシルクは、これが解決したらすぐに結果を報告するよう約束させ、いったん引き下がることにした。

交渉は、次の土曜の午後五時から始まる。二、三時間が交渉できる限度だろう。もし、話し合いが決裂すれば、今度こそ二人の出番だ。

黙って待っていると約束したものの、我慢は一日ももたなかった。

菅原には悪いが、やはり待っているだけだなんて性に合わない。解決策は考えてあると言っていたが、あの菅原が他人の借金をどうにかできるほど貯金を持っているとは思えなかった。

5

約二千万円。

掻き集めれば、そのくらいにはなるかもしれない。就職する前からコツコツ貯めてきた金は、二十八のサラリーマンの平均預貯金額を大幅に上回っている。

「くそー、仕組預金に入れるんじゃなかった」

預金者の都合で解約すると高額の手数料を取られる預金を解約すべく、瀬木谷は手続きの仕方についての説明を読んでいた。あの時は、こういう形で金が急に必要になるとは思っていなかった。自他ともに認める守銭奴が持っている預金全部を引き出して他人のために使うなんて、空から槍の雨が降るくらいあり得ないことだ。

だが、それでも解約すると決めた。金は、こういう時に使うものだ。男らしく、菅原のために全財産賭けてみるのも悪くない。

一度腹を括ると、案外あっさりと行動に移すことができ、実際に手続きに入ると迷いはまったくなくなった。あり得なさすぎて、実感がないだけなのかもしれない。あとになって死ぬほど後悔する可能性も考えられる。だが、今はそんな気持ちはまったくないのだ。

今のうちに行動するほうがいい。

「すみません。昨日電話で仕組預金の解約手続きの予約をした者ですが」

銀行に電話をし、不足している書類がないか確認し、バイク便に乗せる。

他にも、定期預金を解約し、ＡＴＭで金を引き出した。分散して預けている上、支店の少ない地方銀行にも定期を作っていたため、多少面倒ではあったが、土曜日の夕方にはなんとか二千万を用意することができた。マンションに戻り、現金で用意した二千万を二つの山にして積み上げる。しばらくさよならだと最後の別れを告げようとして、ふと冷静な気持ちになった。

「案外コンパクトだな」

もう少し迫力があるものだと思っていたが、思っていたよりこぢんまりしている。これまでケチだの守銭奴だの散々言われ、時には人間性まで疑われて貯めた金がこれっぽっちかと思うと、少々虚しくなった。金はなくとも人望のある菅原は、目に見えない財産を持っているだろう。こんなちっぽけな紙の束とは比べられない、価値のあるものだ。

「しょうがねぇだろ、金が好きなんだから」

そうつぶやき、バッグに金をつめ込むと時計で時間を確認した。ここからホテルまでは、約一時間。そろそろ菅原も向かっている頃だ。

「よし、行くぞ」

金に別れを告げる覚悟を決め、マンションを出た。二千万の金を公共の乗り物で運ぶのは少々勇気が要ったが、タクシー代を節約してしまうところが我ながらセコいと思いつつ、これが自分なのだと開き直って両腕にしっかりとケースを抱える。もうすぐお別れだなんて名残惜しい気持ちになるかと思ったが、ホテルが近づいてきても微塵もそんな気持ちにならないのが不思議だった。

ホテルに到着すると、フロントで菅原の部屋を確認し、エレベーターに直行して十階に向かった。さすがに心臓が落ち着かなくなる。相手は、一般人を装った裏の世界の人間だ。舎弟をぞろぞろ連れてきているかもしれない。

エレベーターを降りて部屋に向かうが、ドアの前には舎弟らしき男の姿はなかった。

一度軽く息をついて、チャイムを鳴らす。まさか瀬木谷が来るとは思っていなかったのだろう。ドアを開けた菅原は、目を丸くしたまま一瞬固まった。

「ガク、お前どうして……」

「退け」

菅原の横をすり抜け、中へと入っていく。

部屋の中には男が三人いた。一人はおそらく、菅原の伯父だ。ベッドに座っている。痩せ型でいかにも心労を重ねたという空気を醸し出しているが、目は死んでいない。人生をやり直そうという意志が感じられる目だった。緊張気味なのが伝わってくる。

そして、あとの二人に目を遣った。

ソファーに座っているスーツの男たち。一人は三十代後半のインテリふうで、もう一人は鬼瓦のような顔をした五十代の男だ。凄みすら感じる貫禄。

どちらも、いかにも金を持っていそうだった。身につけているものは立派で、靴の爪先も汚れていない。磨かれたそれは、舎弟がせっせと汚れを落としたのだろう。

肝が座っているのか、男は瀬木谷に「お前は誰だ？」と聞くでもなく悠々と座っている。

「あ、あんたが借金取りか？」

「借金取り？　人聞きの悪い」

少し籠もった感じの、落ち着いた声だった。平和的な物言いも、逆に薄ら寒さを感じる。

「おい、ガク。お前何やって」

菅原が慌てて止めようとするが、もう無駄だ。金も全部下ろしてきた。ここで使わなければ、途中解約で貰えなかった定期預金の金利も、仕組預金を解約するために払うはめになった事務手数料も、全部無駄になる。

そう思うと、勇気が出た。

「うるせぇ、お前は黙ってろ。やっぱりイイ子で待ってるなんて性に合わねぇんだよ。俺はお前のために自分の貯金全部下ろしてきたんだ。全部だぞ」

「だから待てって」

「待てるか！　定期預金も仕組預金も全部解約だ。俺だって自分のことながら驚いてるよ。だけどな、やっちまったもんはしょうがないだろ。——おい、あんた」

瀬木谷は、大きく息を吸い込んでから目の前のテーブルに金の入ったバッグを置いた。そして、中から札束を取り出し、腕組みをして言い放つ。

「こいつの伯父さんの借金、俺が肩代わりしに来た。ここで残金全部返してやるから、これ持ってとっとと組に帰れ」

どうだとばかりに見下ろすと、ギリギリまで瀬木谷の世話にはなりたくなかったのか、後ろで菅原のため息が聞こえた。だが、もうこうなっては遅い。

男は座ったまま金の束を数え、「ふむ」と頷いた。

ゴクリ。

少し言いすぎたかと、冷や汗が出た。ヤクザが一般人に手を出しにくい世の中になったとはいえ、ここは密室だ。態度は少し気をつけたほうがよかったかもしれない。

思わずそんなことを考えてしまう己の小物っぷりが嗤えるが、瀬木谷はただのしがないサ

ラリーマンだ。これができただけでも、表彰ものだ。

まるで鬼瓦のような顔をした男と睨み合いは続き、男が何を言うか身構えて待つ。

「がっはっはっはっはっはっはっは！」

いきなり大声で笑い出され、瀬木谷は面喰らった。何がそんなにおかしいのか、頭がいかれたのか、この状況が理解できない。

男はひとしきり笑うと、足元に置いていたブリーフケースをテーブルに置き、それを開いてみせた。封筒が入っており、中から札束を出して積み上げる。

瀬木谷が用意したのと、同じ高さだ。

「二千万。私も用意したんだがな」

「は？」

わけがわからず、瀬木谷は菅原を振り返った。すると、瀬木谷がとんでもないことをしでかしたというように、頭を抱えている。座っていた伯父らしき男も、困ったような妙な顔をしていた。明らかに、戸惑っている。

二千万の金を持ってやってきた瀬木谷は、いわゆる救世主のようなもののはずだ。ヤクザなんて危険な相手から借りた金を、この場で一括返済してやろうって時に、この反応はいったいなんなのだと思う。

「大輔君。この子は、大輔君の友達かね？」

「はい。高校からの腐れ縁です」

「そうか。はっはっはっは。面白い友達を持っているね」

「すみません。阿呆ですけどいい奴なんです」

「あ、阿呆とはなんだ！」

思わず菅原の胸倉を摑むが、次の言葉を聞いてそのとおりかもしれないと思わされる。

「この人、俺の伯父だ」

瀬木谷は、目をしばたたかせた。

「伯父さん？　じゃあ、こっちが伯父さんでこっちがヤクザ？」

「阿呆。どっちも伯父さんだ。こっちが母方の雄三《ゆうぞう》伯父さんだ。で、こっちが俺が話してた放浪癖のあった父方の京介《きょうすけ》伯父さん」

「えー……っと、どういうこと？」

状況が上手く吞み込めず、阿呆面《あほづら》晒して二人の伯父さんとやらを交互に見た。もう一人のスーツの男がヤクザなのかと聞こうとするが、口にする前にそれも否定された。

「そっちは雄三伯父さんの秘書。借用書のこととかにも詳しいし、来てもらった」

ますますわけがわからずにいる瀬木谷に、容赦ない言葉が浴びせられる。

「どこまでも阿呆だな。お前は」

それを見たヤクザ――いや、雄三伯父さんとやらが、さも楽しげに笑いながら言った。

「友達は自分の姿を映す鏡でもあるというが、大輔君に君みたいな友達がいたなんてな。ますます大輔君が欲しくなったよ」

「そ、それは駄目だ。大輔君にそこまでしてもらうわけには……っ」

放浪癖があったという父方の伯父の京介が、おずおずと、だがはっきりと訴える。

「もう十分だ、大輔君。これ以上迷惑をかけるわけにはいかない。話を聞いてもらっただけで十分だよ」

「ここまで首突っ込んだんだぞ、京介伯父さん。途中で放り出す気はない」

「でも本当に十分だ。本当に十分なんだよ」

「だから、俺は単に伯父さんを助けたいだけじゃないんだって！　親父とちゃんと仲直りしてほしいって言ってるだろ。そのために交渉してるんだ」

二人の押し問答を意味がわからないまま聞いていると、それに気づいた菅原が、ようやく事情を説明してくれる。

「わけわかんねぇって顔だな。すまん、ガク。説明するよ。雄三伯父さんは、自分が京介伯父さんの借金を肩代わりしてもいいと言ってくれたんだ。俺が伯父さんの会社に転職することを条件にな」

「転職？」

「ああ」

菅原の話によると、雄三は常々妹の息子を買っていて、いずれ自分の会社でその力を発揮してほしいと願っていたのだという。親戚の集まりがあるたびに話を持ちかけていたが、そこに借金を抱えた父方の伯父・京介を助けてほしいという菅原の相談がきた。

子供のいない雄三にとって、菅原を自分の会社に呼び寄せる絶好の機会だ。二千万を肩代わりする代わりに、福岡の本社に来て働くことを条件にした。

下積みからだが、いずれは会社を継がせたいとまで思っている。

「交渉中だったんだよ。俺だって自分で選んで進んできた人生だ。いくらなんでも、会社を辞めてまで、他人のために借金したくねぇからな」

真相を聞かされ、瀬木谷はようやく自分が阿呆と言われたわけを納得した。確かに阿呆だ。

菅原はホテルで決着するとは言ったが、ヤクザと会うとは言ってない。勝手に誤解して先走って、金を叩きつけた。救いようがない。

「はは……、そっか。……はは」

「大輔君のことをここまで想ってくれる友達がいるなんて、羨ましいよ。私にも大事な親友はいるが、果たしてここまでしてくれるか自信はない。君、名前は？」

「瀬木谷です。瀬木谷学」

「瀬木谷君。よくその歳でこんな大金を持っていたな」

「俺、金が大好きなので」

「そうか。金が大好きか」

「はい。好きすぎて夢に諭吉が出てくるくらい」

「はっはっはっはっはっは！」

雄三が、また高笑いした。笑わせるつもりはないが、どうやら瀬木谷の発言は興味深いらしい。さらに質問を浴びせられる。

「そんな大好きな金を、大輔君のために使おうと思ったのか？」

「まぁ……、でもやるんじゃなくて貸すつもりだったし」

「貸すと言っても、返ってくる保証はないぞ。逃げるかもしれん。個人的に金を貸すってことは、逃げられたら自分で回収しなきゃならんってことだ。そうなると、返ってくる可能性はほぼないだろうな。金の切れ目が縁の切れ目。骨肉の争いとも言うだろう。友達どころか、血の繋がった家族でさえ裏切ることもあるぞ。そうなったらどうする」

「子々孫々《ししそんそん》呪ってやります」

「子々孫々か。それはいい」

雄三は上機嫌だ。すっかりその心を摑んだようだ。

「ここぞという時に金を使える男は、本物の男だ。それが貸す名目でもな。君のような若者がいるなんて、日本も捨てたものじゃないと思えるな」

そこまで褒められると、どう答えていいかわからない。

正直なところ、ひとでなし扱いされるほうが圧倒的に多いのだ。瀬木谷をよく知るシルクなどは、守銭奴のドケチでどうしようもない非人間だの、子供の頃に貧乏すぎて人として大事な部分が欠落しているだの、散々な言いようだ。親しい人間の言葉だからこそ、的を射ていると言える。

「いいだろう。金は無条件で私が貸すことにしよう。君のような若者がここまで決心したんだ。一応君たちより財力もあるからな。私が助けないなんて、男が廃るというものだ。それに親戚だ。力になろう」

「ほ、本当ですかっ！」

京介が、立ち上がって言った。自分に手を伸ばしてくれる親戚は、萱原以外いないと諦めていたのかもしれない。そんな期待もしていなかっただろう。

「必ず、返してくれますね？　こんな若い連中にここまでさせたんです。さすがに、裏切ったりしないとは思いますが」

「はい。もちろんです。このご恩は一生忘れません」

腰を九十度に折り曲げて頭を下げる京介を見て、萱原が嬉しそうな顔をしている。それを見る瀬木谷も、目を細めずにはいられない。

結局、二千万の借金を一括返済できるよう、雄三が京介に二千万を融資するということで話は落ち着いた。もちろん、正式な借用書も書かせる予定だ。公正証書を作成したりなどの手続きも、普段から仕事でつき合いのある行政書士や弁護士を多く知っている雄三が主導でやることになる。

また、二千万の返済を終えたあとも、相手がこれ以上何か言ってくるようなことがあれば、腕利きの弁護士を雇って法廷の場に出ることもできると言った。そうなると、相手側のリスクは格段に大きくなるため、争うことなく引き下がるだろうとも……。

頼りになる伯父さんだ。こんな人が、菅原を買っているのだ。

常々人望がある奴だと思っていたが、今日ほど菅原に尊敬の念を抱いたことはない。

「これで決まりだな。あとは、大輔君の気持ちを汲んで、兄弟の話し合いをすることだ。次に親戚で集まることがあれば、あなたと話ができることを祈ってますよ」

「はい」

「京介伯父さん。親父のほうは、俺からも説得します」

「ありがとうございます。本当にありがとうございます」

京介は、何度も何度も礼を言った。

放浪癖があって、自由人で、いい加減だったというが、本当にやり直そうとしている視線がそこには窺える。そして同時に、壊れかけた関係を修復しようとする菅原の気持ちが裏切られることがないと、信じることができた。

使わなかった二千万を抱えた瀬木谷は、菅原とともにホテルをあとにし、そのまま自分のマンションには戻らず菅原のところへ行った。菅原の部屋に入るのは、あの夜以来だ。まだ記憶に新しいできごとなだけに、妙な緊張が走り、言葉少なになる。

「金、クローゼットの中に置いとけ。明日一番にATMで入金すりゃひとまず安心だろ」

「そうだな」

落ち着かないが、それは大金を持っているからではなく、菅原の部屋にいるからだ。ラグにあぐらをかき、出されたペットボトルのお茶を飲みながら、次に何を話そうかなんて考える。普段なら、わざわざこういうことは考えない。

「ああ、シルクか？　解決した。心配かけてごめんな。伯父さんの借金は、俺の母方の伯父さんが用立ててくれた。返済後の処理も任せていいってさ。相談できる弁護士もいるし、俺らがあれこれ口出すよりいい」

瀬木谷は、菅原の横顔を盗み見るように眺めていた。高校の頃からずっとつるんできて、慣れ親しんだ顔だというのに、今までになく男前に見える。

「ああ。ガクが金貸してくれようとしたんだ。有り金全部持ってきやがった。そのおかげで伯父さんも無条件でひと肌脱いでやるって気になったらしい」

まさか、そんなことをするなんて思っていなかったのだろう。電話の向こうでシルクが大騒ぎしているのがわかる。今度会ったら滅茶苦茶にからかわれるぞと思いながら、なぜ全部教えるのだと恨めしい気持ちになった。これで、頭痛の種が増える。

けれども、嬉しそうにその話をする菅原を見てその理由がなんとなくわかり、このことについて文句は言うまいと決めた。

「ああ、また今度店に飲みに行く。じゃあな、シルク」

電話を切った菅原は、スマートフォンをテーブルに置いた。とうとう来たぞと、妙な意気込みとともに菅原が何か言うのを待つ。

「だけど、よくもまぁここまで勘違い起こしてくれたな」

「お、お前がきちんと説明しないからだろ。お前がお袋さんのお兄さんに金借りる交渉してるって言えば、こんなことにはならなかった」

「まぁ、そりゃそうだけど……」

菅原はそう言って頭を掻き、何か言おうとして押しとどまる。そして、嚙み締めるような口調で静かに言った。

「でも、お前本当に俺のために金を下ろしてくれたんだな」

「貸すつもりだっただけだよ」

「それでも、まさかお前がここまでしてくれるなんて思わなかったんだよ」

菅原がそう言いたくなるのも、理解できた。自分でも驚いているのだ。まさに天変地異が起きたくらいの驚きだろう。何せ、死んだら金と一緒に燃やされたいなどと言うような男だ。天変地異どころではないかもしれない。

「そりゃ、親友だからな」

「それだけか?」

真剣に聞かれ、瀬木谷は思わず菅原を見た。視線が合い、すぐに逸らす。だが、そうしたあとも菅原が自分をじっと見ているのがわかり、思わずそれを確かめた。そして、二度も視線を合わせたのは間違いだったと後悔しながら横を向いた。

(お前、目がエロい……)

視線だけでこれほど躰を熱くさせられるなんて、厄介な相手だと思う。いや、躰だけでなく、心もだ。心も反応しているからこそ、こうも簡単に体温が上がる。

散々守銭奴と言われてきた金の亡者が、なぜコツコツ貯めた金を持ってホテルにまで会いに行ったのか、そんなことは聞かずともわかるだろう。わかっていて聞くなんて、意地悪な奴だ。

真面目で人望があるように見えて、こんな一面もある。ただ真面目なだけではない。悪い男の顔も持っている。それが菅原だ。そして、それが菅原の魅力の一つだ。

「ありがとな」

「な、なんだよ急に」

「ありがとう。お前のおかげだ」

「でも、結局金貸したのはお袋さんのお兄さんだろ。借用書とか面倒な手続きも、全部引き受けたのは俺じゃない」

「それでも嬉しいよ。お前が俺のために、一時的にでも金を手放す覚悟をしたんだからな」

沈黙が降りてきた。

なぜ菅原のマンションにのこのこついてきたのか、今さらながらに自分の迂闊《うかつ》さを思い知り、迫り来る危険に総毛立った。もちろん、ただ危険に反応しただけではない。むしろ、期待にも似た思いがあったからこそ、そうなった。

「お、俺帰るわ」

立ち上がろうとするが、腕を取られてしまう。片膝をついた状態で硬直し、恐る恐る菅原を振り返ると、菅原も片膝をついて軽く腰を上げたポーズになって固まっている。

摑まれた部分が熱く、この膠着《こうちゃく》状態からどう逃げればいいのか考えたが、何も思い浮かばない。

「なんだよ」

「いや……なんだ。その……まだいいだろ」

ここで強引に逃げ帰るのも恥ずかしくて、再び座卓の前に座った。

(ど、どうして正座なんだ……)

思わずこの体勢になったが、菅原もなぜか正座になっていることに気づく。極度の緊張からだろうか。お互いの反応を窺い、相手が次にどう出るか測っている。

「ガク……」

思いつめたような声で呼ばれ、心臓が大きく跳ねた。

「この前のことだがな」

「な、なんだ」

「だから、この前のことだよ。俺が金で……お前を買うなんて言ったアレだ」

「ああ、アレか」

「そうだ、アレの話だ。ちゃんと謝ってなかったからな。その……悪かった。本気で金で買うつもりなんてなかった」

心底悔いているとわかる顔だった。ずっと、あの時の言動を後悔している。

そんなことは、言われずともわかっていた。平気であんなことをする奴だなんて思っていない。

「別にいいよ。この前も謝っただろう。それに、俺だって挑発したんだから」

「まぁ、そうだけど」

また、沈黙が降りてきた。

(だからそんなに凝視するなって)

そうしたくなるのもわかるが、じっと見られると逃げ出したくなる。こういうのは、苦手なのだ。相手が女ならまだしも、男同士で、しかも一度は最後までした相手とこんな空気を共有するなんて、ゴメンだ。

「ガク」

ジリ、と菅原が膝で移動してきたのがわかった。思わず、膝で一歩後ろに移動してしまう。すると、菅原はまたジリ、と瀬木谷のほうへ近づいてきた。すぐに膝で一歩下がる。また近づいてきた。また下がる。諦めが悪いのか、また一歩。往生際《おうじようぎわ》悪く、瀬木谷もまた一歩。

いい歳した男が二人、膝で部屋中を移動するのかと思うが、妙なスパイラルに入ったようでやめることができない。

「なんで、逃げるんだ?」

ジリ。

「逃げてねぇだろ」

ジリ。

「逃げてるよ」

ジリ。

「逃げてねぇ」

ジリ。

「逃げてるだろうが」

ジリ。

「お前、怖い」

ジリ。

まだ来るかと身構えるが、菅原がピタリと止まった。少し考え、静かに言う。

「わかった。じゃあ、まず落ち着こう。いいか、深呼吸するぞ」

いい考えだと思い、菅原と目を合わせて何度も頷いた。じゃあ行くぞと合図され、一緒に深呼吸を始める。

吸って、吐いて。吸って、吐いて。吸って、吐いて。

なんとか心臓の音が正常になり、落ち着きも戻ってきた。硬くなっていた躰から、力を抜くことができる。

「ガク」

「……っ！」

真剣な目をしてにじり寄ってくる菅原の姿に、瀬木谷の心臓はこれまでになく大きく跳ねた。

せっかくの深呼吸が台無しだ。

「だっ、だから……っ、その思いつめた声で俺を呼ぶのはやめろ！」

「思いつめた声ってどんなだよ」

「そんなのだよ！」

「わかるか！　ったく、他人が一所懸命いろいろ考えてやってんのに、贅沢《ぜいたく》だぞ」

「し、知るか！」

なぜ、こんなにも緊張しているのだろうかと思う。

菅原とは、二度、イケナイ遊びをした。

二度目などは、繋がった。最後まで、した。それなのに、この緊張感はなんなのだろうと思う。まるで一度も男に触れられたことのない女のように、自分を襲う男に対して、びびっている。こんなに往生際が悪かったのかと、我ながら驚かずにいられない。

「その思いつめた目も悪い。お前、意気込みすぎなんだよ」

そう言うと、なんとなく理解できたのか、自分にも非はあるという顔をした。ようやくわかったかと思うが、それも束の間だった。

「とりあえずキスしていいか？」

「――っ！」

みるみるうちに顔が真っ赤になった。

いったい、何を言い出すのだろうと思う。キスしていいか、だ。二十八にもなって、キスしていいか、だ。よくもそんな恥ずかしいことが口にできるものだと感心する。

「てめぇ、そんな恥ずかしい台詞をよくも俺に向かって平気で言えたな！」

「なんだよ、お前が緊張してるから気ぃ遣って聞いたんだろうが」

「俺は女じゃねぇんだぞ。処女扱うみたいな真似すんな」

「お前の反応が処女なんだよ！」

「なんだとぉ！　てめぇこそ童貞みたいに俺の反応を探るな！」

腹立たしく、怒りに任せて菅原の胸倉を摑んで立ち上がろうとするが、正座をしていたため足が痺れて前のめりになった。

「わ……っ」

「おっと」

膝立ちになった菅原に躰を支えられ、そのまま抱き締められる。

声も出ず、どう反応していいかわからず、その状態のまま躰を硬くして息を殺していた。

すると、菅原は落ち着いた声で静かに言う。

「好きだぞ、ガク」

心臓をぎゅっと摑まれたような気分だった。

本気の告白だ。

心の底から本気でそう言っている。

「ずっと前から好きだった。ずっと……お前のことを、邪《よこしま》な目で見てたよ」

「大輔……」

「高校の頃からだ。お前と、シルクと、みんなでつるんでるのが楽しくて、でも、高一のバレンタインの時にお前が他の学校の女からチョコ貰ってるの見て、お前がそいつとつき合うのかなと思って……妙な気持ちになったんだ。しかもその女、しばらく彼女面でよく学校の前で待ってたよな。それがまたむかついて……」

そんな女いたかと記憶を辿るが、あまり覚えていない。チョコは沢山貰ったが、印象に残っている女など、誰一人いないのだ。

そう口にすると、菅原は軽く笑って言う。

「それ聞いて安心したよ。お前は、ずっと金が一番好きだったみてぇだけどな」

そんなに昔から自分を思っていたなんて、嬉しくて、むず痒かった。その間、どれほどの想いを重ねてきたのだろうか。

「なぁ、俺と金とどっちが好きだ」

「金」

即答したのは、恥ずかしかったからだ。「お前のほうが好き」だなんて言える性格をしていたなら、もっと簡単に想いを告げられただろう。

「嘘つけ。正直に言えよ、ガク」

「本当だ」

「いや、嘘だな」

「自信家め」

「お前の心臓の音聞いてりゃわかる」

「！」

ぴったりと合わさった胸板から、それが伝わっているのかと思うと妙に恥ずかしくなった。思わず躰を離そうとするが、ギュッと抱き締められて逃げられなくなる。もがいてみてもびくともしないくらい腕に力を籠められ、あっさりと観念した。

「今日は、ちゃんとするぞ」

「だから……そういうこと、言うなって……」

声が弱々しいのが、自分でもわかった。菅原には、敵《かな》わない。

もう逃げないと決め、瀬木谷は何をされても菅原の求めに応じようと、覚悟を決めた。

こんなふうに抱き合うなんて、思っていなかった。

ベッドに押し倒された瀬木谷は、明かりをつけたままの状態で菅原に見下ろされていた。恥ずかしくて、逃げたくて、でも最後までちゃんとしたいという気持ちもあって、いろんな想いの中にいた。ベッドの軋《きし》む音が時折耳に流れ込んできて、妙に恥ずかしい。一人暮らしのシングルベッドは、男二人が秘めた行為をするのに十分でなく、身動きすると微かにスプリングが鳴るのだ。

「……お、お前……っ、ちょっと……も……少し、……お、……落ち着け」

「努力はしてる」

一蹴され、荒い息をすぐ近くで聞かされて躰に熱が蓄積されていく。シャツの裾から中に手が忍び込んできて、息を吸った。手は、瀬木谷の手触りを確かめるように肌の上を這い上がっていく。

「くすぐったくないか？」

「ああ」

「いろいろしていいか？」

「だから……っ、いちいち聞くな」

「していいってことだな。わかった」

「——っ！」

何が「わかった」だと思うが、菅原の言うとおり何をされても応じる覚悟をしているため、抗議できない。承諾を得たことにより開き直ったのか、菅原は一度手を引き抜くと、器用にシャツのボタンを外していった。そして、中に着ていたTシャツをゆっくりとたくし上げていく。

(この、むっつりめ……)

恥ずかしくて顔を背けるが、菅原の表情を見たいという思いもあって、そろそろと視線を向けた。真剣な目で自分を見下ろすその表情は、与えられた獲物をどう料理しようか画策しているようだ。

普段は真面目そうな好青年を装っているくせに、こんな表情を見せるなんて反則だ。

厄介な相手だと思う。

「ぁ……っ、……はぁ……っ、……ぁ……」

胸の突起には触れず、微妙な位置に手を這わせて煽る菅原に、なんて愛撫をするのだろうと思った。耳許に近づけられた唇から漏れる息に、瀬木谷の呼吸も落ち着かなくなっていく。

唇で肌をそっとなぞられ、ますます息は上がっていった。

「——はぁ……っ、……はぁ……、……あ……っ」

キスなのか、ただ触れているだけなのかわからないほど微妙なものだった。けれども、そんな曖昧《あいまい》な刺激が瀬木谷の奥に眠る淫蕩《いんとう》な血を目覚めさせ、沸かせる。たったこれだけなのに、瀬木谷の躰は、散々愛撫されたように敏感になっていた。

「はぁ……っ、……っく、……はぁ」

なんとか呼吸を整えようとするが、一度乱れたそれを正常な状態にするのは困難だった。息の仕方を忘れたように、どうすれば酸素が肺に入ってくれるかわからない。

「ガク……、お前が……苦しそうに、してると……、興奮する。なんで、だろうな」

「う、うるさい、……だ、黙ってろ……」

なんでも言葉にしたがる菅原を黙らせようとするが、何が悪いのかわかっていないようで、さらに続ける。

「つらそうなお前は、色っぽい」

「……ぁ……っく、……はぁ……っ」

有無を言わさず奪ってくれるほうが、まだよかった。わけがわからないまま流されるほうが、罪は軽い。けれども、あくまでも共犯者に仕立て上げようと己の快楽のみを追求せず、一緒に高みに連れて行こうとする。

求めているのは、躰だけではない。

「……は……っ、……ぁ……、……大輔……」

「なんだ？」

目が合い、自分からキスを誘った。こんな焦らされ方を続けられたら、どうにかなってしまいそうだ。欲しくて欲しくて、狂おしい想いに身を焦がされる。

「ぅん……、んっ、……んんっ」

軽く重ね、深く吸い、呼吸ごと呑み込むように舌を絡ませた。すると、瀬木谷以上の激しさで応えてくれ、一気に昂《たかぶ》る。この激しさが、好きだった。自分をすべて捧げていいと思ってしまう。

「んぁ……、ぁ……ん、……む……、……はぁ……、ぁ……む、……んっ、……ふ」

噛みつくようなキスをされながら、瀬木谷はぼんやりと思った。

(そ……だって、……こいつ、……キス……、上手いんだった……)

キスを誘ったのは間違いだったかもしれないと後悔するが、今さら遅い。息ができなくなるほど煽られ、瀬木谷の躰は剝き出しの神経のように、どんな小さな触れ合いにも反応してしまう。

「お前……、キス、好きだろ？」

キスの合間に聞かれ、またそういうことを言う……、と恨めしい気持ちになった。当たっているだけに、否定するのは往生際が悪い。かといって認めるのも癪《しゃく》で、不満げに訴えた。

「お前が……上手すぎるんだよ、……ぅん……っ、んんっ、ん、んっ！」

瀬木谷の訴えが届いているのかどうなのか、菅原は何度も唇を重ね、舌を絡めて互いを確かめながら手はさらに弱い部分を捜ろうとしている。

唾液で濡れた指で突起を擦られ、ビクンと躰が跳ねた。あまりにわかりやすい反応に羞恥を覚えるが、それは菅原を悦ばせることでしかなかったようだ。

「ここか?」

「……ぁ……っ!」

鎖骨に歯を立てられ、ゾクリとしたものが躰を駆け抜けた。下半身が熱に包まれて、腰がくだけたようになる。

「ガク、今日は、手加減しなくていいか?」

「な……」

「その代わり、一所懸命奉仕するよ」

菅原の言う『奉仕』がどんなものか、経験から予想ができる。これ以上、理性を保てる自信がない。

「馬鹿。だから……そういうこと……言うなって」

「それは『イエス』だろ? 俺の上に乗れ」

「……っく」

「ほら」

言われたとおり馬乗りになり、菅原を見下ろす。見下ろされるのもいいが、こうして見下ろすのもいい。

「うん……、……んっ！」

いとおしむように頬に手を添えられ、またキスをされる。一所懸命奉仕するという言葉どおり、瀬木谷をキスで蕩けさせようとするその気持ちが、嬉しかった。

キスに狂わされているうちに、器用にベルトを外され、まるで果物の皮でも剝くように、下着ごとスラックスをひん剝かれる。完全に脱がされるのではなく、膝のところでためたまま尻を出した状態にされた。

「……お前……、わざと……、やってん、だろ」

「全部脱がすのは、もったいない」

「あ！」

冷たいものが尻に触れる。ジェルのようなものを塗った指が蕾を探り始めると、もどかしさにどうにかなりそうだった。

「ぁ……、……ゆ、指……っ、……、待……っ」

「いいから、黙ってろ」

まるで支配者のような口振りに、瀬木谷の心は従順になった。特別だ。この男だけだ。この男だけなら、そしてベッドの中だけなら、従ってもいい。

「……っく」

いやらしく、煽るように蕾をマッサージされて腰の辺りがむずむずする。どうしていいかわからず逃げようとするが、そうはさせまいと尻に指を喰い込まされ、不覚にも感じてしまった。

「あ！」

「いい顔になった」

「馬鹿、見るなって」

「見たっていいだろうが。下から見上げる苦しそうなお前も、すごくイイ」

言いながら、目を合わせたまま自分のズボンのファスナーを開ける。腕の動きで、直接見ずとも菅原が屹立したものを取り出したのがわかった。それは、瀬木谷が欲しいと訴えている。

「俺の、見てもいいぞ」

「へ、変態……っ、……お前は……露出狂、か……っ、……ぁ……っく！」

いきなり一緒に握られ、息をつめた。直接与えられる刺激に、ギリギリの状態まで一気に追いつめられてしまう。しかも、先端の小さな切れ目に指をねじ込むようにして刺激を与えられた。

「ぁあ……っ、……痛ぅ……っ」

痛みと疼きが同時にやってきて、瀬木谷は唇を噛んだ。だが、菅原は容赦しない。まるで指を挿入しようとでもいうように、さらにグイグイとねじ込もうとする。

「……っく、……待てって……、……強引、すぎ……」

「後ろも前も、一緒にしたら、気持ちいいだろ？」

「あ、あ……、んあぁぁ……、……やめ、……ろ……、……待てって……」

「お前の、言うとおり待ってたら……、いつまでも、なんにもできねぇよ」

「ぁあ……ぁあ……ぁ……っ、……はぁ……、……んぁ、んぁ、んぁあ……っ！」

「一回、やってみたかったことがあるんだ」

その言葉に、瀬木谷はハッとなった。何かとんでもないことを企んでいそうで、身構えてしまう。瀬木谷に見抜かれたとわかったのか、菅原は赤い舌先を覗かせて舌なめずりをした。

「こんなに早く使うチャンスが来るなんて、思ってなかったよ。隠しといてよかった」

言いながら、マットレスの下に手を伸ばして何かを探す。

菅原の手に握られていたのは、白いロープや手ぬぐいだった。なんのために使うのかなんて、説明されずともわかる。

「おま……、それ……」

戸惑っている隙に後ろ手に拘束され、さらに拘束バンドのようなもので屹立の根元も縛り上げられる。しかも、目隠しされて視界まで奪われた。

「俺がイッていいって言うまで、オアズケだ」

専用のものなのか、それとも別の用途に使うものかわからないが、その素材は柔らかで痛みはなかった。ただ、こんなふうにされることは精神的に大きな意味がある。自分の意志で射精できないと思うと、妙に追いつめられた気分になってしまうのだ。支配下に置かれたようで、服従したくなる。こんな気分になるのは、初めてだ。

「いつ……、用意、したんだ……、こんなもん……」

「お前に騙されて『ヴィーナス』に駆け込んだ次の日だ。仕返ししてやろうと思ってな」

声が、笑っていた。見えないぶん、自分のどこをどう見られているのかわからず、羞恥心は増す。

「ぁう……っ」

後ろにゆっくりと挿入され、またゆっくりと引き抜かれて声をあげた。

もどかしさはより大きくなり、無意識に自分から中心を擦りつけてしまい、止まらなくなった。すべて、菅原に握られている。自分のすべてはこの男の手中だ。

そんな想いに囚われていると、今度は両手で双丘を掴まれ、両側に開いて中を弄られる。

「あっ、……はぁ……っ、……なん、で……、そんなに……」

「大丈夫だよ。俺からあそこは見えねぇから」

さらにジェルが足され、後ろはふやけてしまうのではないかと思うほど濡れていた。最初は冷たいのに、すぐに熱を帯びるのは媚薬の成分が入っているからかもしれない。蜜壺のような湿り気を帯びた蕾は、早く男が欲しいと訴え、ひくついている。

それを指で確かめられているのがわかった。こんなにはしたない姿を見られているのかと思うと、どうしたらいいのかわからなくなる。それなのに、いっそう熱くなれた。

「ああ、あ、大輔……」

「つらいか？」

「待てって……、……待……っ」

「待てるか」

「ぁあっ」

指が二本に増やされた。しかも、右手と左手の指で両側から徐々に埋め込まれていく。さらに、三本目。出したり挿《い》れたりを繰り返し、挿入する指を次々と換え、どの指が自分を犯しているのかわからなくなった。蕾が次第に拡張されていく。

同時に三本挿れられて苦痛に喘ぎ、一本だけ挿れられて、物足りなさに啼いた。

「い、いけず……っ、……お前、……どこまで……、……っく」

「オアズケの間、妄想ばかりしてたからな。お前にしたいことは、山ほどたまりすぎて俺は今かなり変態だ」

「——ぁあっ！」

より深く、巧みに指を挿入されて中を掻き回される。イソギンチャクにでも犯されているようだ。思考まで一緒に掻き回されているのかと思うほど、何も考えられなくなり、瀬木谷はただ指の動きを意識で追っていた。

まるで熟した果実を指で潰しているように、濡れた音は次第に大きくなっていく。

いや、今の瀬木谷は、まさに熟した果実そのものだった。蕩け、甘い芳香を振りまきながら、形作っていたものが崩れていく。

理性の崩壊だ。

「はぁ、んぁ、はぁ……っ」

「気持ちいいか?」

縛られたものの先端が、びくっと痙攣《けいれん》した。触ってくれとねだっているようだ。それなのに、中心への刺激は与えてくれない。

放置状態というのは、たまらなくつらかった。触ってほしくて、先端から次々と恥ずかしい蜜が溢れ出しているのがわかる。

「こっちも欲しがってんな」

「ぁあ……」

屹立に、ジェルを垂らされた。けれどもやはり手では触れてくれず、もどかしさを植えつける責め苦に苦悶する。

「お前が自分で挿れろ」

「……っ」

「俺を見下ろして誘いながら、やってみろ」

「おま……、本当に……っ、……こういう、時は……、王様だな……」

目隠しを取られ、促されて素直に従った。

手は縛られたままいったん腰を浮かせ、菅原が自分をあてがうのと同時に、ゆっくりと落としていく。だが、なかなか上手くいかない。それでも繋がりたくて、苦痛を呑み込むように徐々に深く収めていった。

「ゆっくり、だ。……ゆっくり、そうだ、……っく、……いいぞ、ガク」

「はぁっ、ぁあっ、……ぁ……っく、……はぁ……っ」

「入っていくぞ、その調子だ」

瀬木谷は、その言葉に刺激されたように頭の中で繰り返した。

入ってくる。菅原が、中に入ってくる。

「ぁ……、……も……」

無理だ、と訴えようとした時、腰を摑まれ、ぐっと最奥《さいおう》まで挿入された。

「——あぁぁ……っ！」

喉の奥から溢れ出る、苦痛と歓喜に満ちた声。

繋がった部分に、菅原の鼓動を感じた。自分の奥に菅原がいるかと思うと、悦びに濡れ、歓喜する。

「……ぁっく、……はぁ……っ」

もう限界だ。これ以上、リードすることなどできない。身じろぎ一つすることすら、今の瀬木谷にとってはとてつもなく難しいことだ。それなのに、菅原は容赦なく行為を先に進めようとする。

「すげぇ」

「馬鹿、動くな……」

「いいだろ、このまま、ゆっくり、腰を回せ」

「ぁあっ、あ！」

ゆっくりと腰を動かされ、躰を仰け反らせて喘《あえ》いだ。ゆさ、ゆさ、と前後に揺らされながら、奥まで届く菅原の熱に、脳天を突き抜けるような快感に身を震わせた。我を失いそうになり、必死で理性を保とうとするが、それ以上に瀬木谷を呑み込もうとする大きな波がある。

「いいぞ、いい……格好だ、ガク、……お前、すげぇ」

快楽のうねりに、すべて持っていかれる。

「お前が……、俺の……上に、……っく、乗ってるなんて……」

「何言って……」

「ずっと、思いどおりに、ならなかった奴だぞ」

「ぁあ……っ、……あぁ……」

やんわりと奥を突かれ、瀬木谷は狂おしいほどの快感に我を忘れた。じっくりと、濃厚に、そして味わうように中を掻き回される。この瞬間を、どれほど待ち侘《わ》びていたのだろう、この男は。熱っぽい目で凝視され、その月日を思い知らされる。

菅原は身を起こすと、満たされた表情で瀬木谷に言った。

「好きだぞ、ガク」

「お、俺……も……、……ぁ……っ」

「金よりもか?」

「金、よりも……、……ぁあっ、あ、あ、……腕、……ほどいてくれ」

抱き締めたくてそう口にすると、すぐに拘束は解かれた。

たまらず、菅原の首に腕を回して、自らも腰を動かす。ブレーキが利かない。はしたないとわかっていても、強く腰を擦りつけて求めるのをやめられない。

「大輔……っ、……ぁあ……っ、……もう……、……も……っ」

「わかってるよ」

「あ!」

繋がったまま体勢を変えられ、今度は瀬木谷が下になる。左膝を肩に担がれ、より深く突き上げられた。

「ぁう……っ」

目をきつく閉じた瞬間、頬に手を添えられ、真剣な声を注がれる。

「俺を、見ろ」

「……っ」

「俺を見ろよ」

「大輔……」

「俺から、目を離すな」

執拗に自分と目を合わせろと命令する菅原に従い、うっすらと目を開けた。涙で霞《かす》む視界の中に、欲情した牡の姿がある。目が合い、全身がさらに熱くなった。

「そのまま、俺を見てろ。お前の中に出すまで、全部見てろ」

「ぁう……っ、ぁあっ！」

返事をする間もなく、腰を打ちつけられる。

「——ぁああ……っ！　あっ、あっ！」

掠れた甘い声をあげながら、自分を喰らう者に身を任せ、連れて行かれた。目を閉じそうになったが、目を離すなと言われていたため、どんなにつらくても見つめ続けた。

なんて激しく、情熱的な獣だろう。なんて美しい男なのだろう。この男に抱かれているのだと思うと、より快感は増した。こんなに感じていいのかと思うほど、蕩けた。

菅原の顔に浮かんだ汗が頬を伝い、顎から滴り、瀬木谷の頬に次々と落ちてくる。そんなことにすら、感じた。

「中、出して……いいか?」

「……ぁあ、……早、く……、……んぁあ、……早く……、しろ……っ」

切羽詰まった声で訴えるなり、より激しい抽挿に瀬木谷は苛まれた。菅原の激しい息遣いに包まれて、高みを目指す。

「はぁ、……ぁあ、……んぁあ、大輔……っ、……も……………イク……、……イク……ッ」

限界を訴えた瞬間、屹立の根元を縛っていた拘束バンドを外される。

「——んぁぁあああ……っ!」

「ガク……ッ!」

ギリギリのところまで堪え、名前を呼ばれるのと同時に一気に解放した。自分の中で、菅原が爆《は》ぜたのを感じる。最後の一滴まで注ぎ込もうとするかのように、イッたあとも腰を強く押しつけ、躰を抱き締めてくる菅原に、身も心も満たされた。

この時だけは、自分が女役でいいと思う。

これほどの想いを抱えてくる菅原になら、譲れる。

「……っ、……ガク、……大丈夫、か……?」

まだ息が整わないというのに、菅原は瀬木谷を気遣うような言葉を口にした。

「大丈夫、じゃ……ねぇよ、この……ケダモノ」

思わず憎まれ口を叩くと、耳許でクスリと笑われる。

そっと体重を預けられ、行為の余韻を感じながら菅原の重みを味わった。菅原の鍛え上げられた肉体は質量があり、体温も高くて抱き締めていると心地いい。

「な、ガク」

「……、……何……？」

「信じらんねぇよ。こうしてるの」

噛み締めるような言い方に、それだけ重ねてきた想いがあるのだとわかった。気恥ずかしい気もするが、それ以上に嬉しい。

「まさか、本当にこうなるなんて夢みたいだ」

「大輔……」

瀬木谷は、無意識に菅原の背中を抱き締めた。言葉で伝えるより、このほうが伝わる。

「俺さ、妄想しすぎて、まだやりたいことがいっぱいあるんだ」

「調子に乗るな」

笑いながら言うと、菅原もふざけた口調で続ける。

「もっとすげーのあるぞ。失禁するくらいすげーのが」

「なんだそりゃ」

「決めた。次は失禁させてやる」

「死ね」

こうして躰を密着させながら言葉を交わす行為は、心を満たしてくれた。匂いも、体温も、鼓動も、全部感じられる。

「好きだぞ」

今日、この言葉を聞かされたのは、何度目になるだろう。だが、ここまでくるのに時間がかったのだ。何度だって口にしたい気持ちはわかる。瀬木谷も、同じだからだ。

菅原にも気持ちは伝わっているだろうが、それでも伝え足りなくて小さくつぶやく。

「俺も……」

心から、そう思った。


シルクの店で、瀬木谷は菅原と肩を並べて酒を飲んでいた。

気持ちを確かめ合って十日。蜜月の最中にあるはずの二人だが、男同士だからか、はたまた瀬木谷が守銭奴だからか、甘ったるい空気はまったくなかった。

今日は菅原の奢りで来たが、それでも機嫌はよくない。カウンターの中に立って酒を作るシルクに向かって、先ほどから延々と文句を言っている。

「あと半年で満期だったこの三百万、四年半分の金利が普通預金の金利になったんだぞ。あと半年遅かったら十五万近く貰えたのに」

「十五万って、金利そんなにいいの?」

「ネットバンクの開設キャンペーン金利だったからな。あれからどんどん金利は下がっていく一方で、今から預け直してもせいぜい〇・五パーだ」

瀬木谷の横で、菅原が気まずそうに黙ってちびちびやっていた。いたたまれなさそうな顔をしているのは、責任を感じているからだろう。

「仕組預金の解約手数料なんて……ああ、もう思い出しただけで泣きたくなる。あれにぶっ込むんじゃなかった」

嘆く瀬木谷に我慢も限界にきたのか、菅原はグラスを置いてからうんざりと言い放った。

「だから、損したぶんの金利は俺が払うっつってるだろうが」

「誰もそんなこと言ってないだろう。俺が勝手に勘違いして、勝手に解約したんだ。お前にそんなことさせるつもりはねぇよ」

「じゃあブツブツ言うな」

「言ってもいいだろ。大損こいたんだから」

「ほんっと小さい男だな」

吐き捨てるように言われ、ムッとする。

確かに自分でも小さいと思うが、自覚しているだけに他人に言われたくない。それなら不満を口に出さなければいいのだが、それだとストレスがたまる。

「その小さい男に預金額で負けてるお前はなんだ？」

「男は金じゃねぇだろ」

「いや、金だ。財力だ」

「お前は本当に変わんねぇな。ちょっとは可愛くなったかもしんねぇと思ったのに」

「なんで可愛くならなきゃなんねぇんだよ。——おい、シルク。お前さっきから何ニヤニヤしながら見てるんだよ」

カウンターの中のシルクが、芝居じみた仕草で指を揃えた手を口に当てて目を丸くする。そして、にっこりと笑うと「うふ」と肩をすぼめながら首を傾げて言った。

「二人とも、仲がよすぎるんだもの。仲直りできてよかったなって思って」

「どこが仲がいいんだ。こんな守銭奴。年がら年中金利の計算してるような奴だぞ。いつからそんなになったんだよ」

「昔からでぇぇぇぇ～～～す。昔から通帳の残高眺めるのが趣味でぇぇ～～～～～す」

挑発する瀬木谷に、菅原は恨めしげな流し目を送った。

「可愛くねぇな」

「可愛くなくて結構。大体な。他人のこと言えるのか、このエロガッパ。お前、どこであんなあれやこれやを覚えたんだよ」

「何なに⁉　大ちゃんそんなにエッチなの？」

目を輝かせて身を乗り出すシルクを見て、悪ノリした瀬木谷は手を口の横に当てて耳打ちする。

「いいか、こいつは変態だぞ、シルク。野球しすぎてエロリミッターがぶっちぎれたに決まってる。大学に入ってすぐの頃は遊びまくってたしな」

「そうよそうだったわ。あちこちの女の子食べまくってたわよね」

「だろ？　昔から俺のこと好きとかなんとか言っておいて、そんなことする奴だぞ。あーもう信用なんねぇ」

「そうでもしねぇとてめーを押し倒して無理矢理やっちまいそうで、怖かったんだろうが。それとも何か？　無理矢理奪ってほしかったか？」

堂々と言ってのける菅原に、調子に乗りかけていた瀬木谷は固まった。

「そっちのほうが、お前には簡単だったかもなぁ。アレん時も、自分からあれしろこれしろってあんまり言えねぇもんな」

じわじわと熱くなり、顔が真っ赤になる。どうだ、とばかりの目をされ、いたたまれなくなった。二人の仲を知っているシルクの前とはいえ、ここまで言うとは思わない。

「あら、やだわ。本気モード？　いいわね」

シルクの言葉が、さらに羞恥心を煽った。

「あたしも恋人欲しいわ～。三人でいつも一緒だったのに、二人でくっついちゃうんだもの～」

「お前を一人にはしないぞ、シルク」

「俺もだ」

「じゃあ、覗かせて」

「覗かせるか！　お前はすぐそういう……っ」

前にも同じことを言われた瀬木谷は、立ち上がって抗議した。けれども、シルクはまったく反省をするつもりはないらしい。

「ギャラリーがいると、燃えるわよ～」

「確かにな」

なるほど……、とばかりに顎を擦りながら言う菅原を見て、頭に血が上った。

「平気な顔で言うな、このエロ男爵！」

「冗談だよ。全力で騙されるな。純情だなガクは」

「——っ！」

ニヤリとされ、言葉につまる。どうやら菅原のほうが一枚上手《うわて》のようだ。言葉が出ず、静かにスツールに尻を戻す。
シルクの笑い声が店内に響いた。

あとがき

こんにちは、もしくははじめまして。中原一也《なかはらかずや》です。

昔からオカマキャラを書くのが好きで、よく作品に出していたんですけど、あまりオカマばっかり書くのもどうかと思って一時期セーブしておりました。けれども今回は、主役二人の共通の親友ということで、がっつり書きました。

ついでにお友達のオカマを出してみたり、そのまたお友達を出してみたり、らんちき騒ぎを起こしてみたり、ラジバンダリ。

懐かしいですね。先日、ふと自分が書いた昔のブログを見てみたら、このネタを書いていたので、そんなお笑いの人もいたなぁ、と思って。しかし、それがいけなかった。最近、自分の頭の中でラジバンダリラジバンダリとうるさいです。～したり、というフレーズが出てくると、すぐに頭の中でラジバンダリ。

変な曲とかも一回聞くと頭から離れなくなったりしますよね。あれですよ、あれ。今まさにあの病魔に冒されているので、これを読んでいる人にもうつしてやろうと思ったりラジバンダリ。怒られるかもしれないなと思ったりラジバンダリ。

さて、そろそろイラッとする方も出て参りました。とっとと逃げたいと思います。

挿絵を描いてくださった吉田《よしだ》先生。原稿をお渡しするのが遅くなって申し訳ありませんでした。タイトなスケジュールにしてしまったと思いますが、素敵なイラストをありがとうございました。特にシルクは秀逸でした。

そして担当様。丁寧なご指導ありがとうございました。育児休暇中の担当様の代わりで短いおつきあいになりますが、次もがんばりますのでよろしくお願いします。

最後に読者様。変なあとがきを書いてすみません。相変わらずこんなものしか出てきません。原稿は真面目に書いてますんで、あとがきは大目に見てやってください。

いえ、一応あとがきも真面目に書いてはいるのですが、いかんせん頭の中が本当にくだらないことでいっぱいで、こんな内容のことしか出てこないのです。

そんな私ですが、あとがきにめげずに次の作品も読んでいただければ幸いだったりラジバンダリ。チーン。

中原　一也

本作品は書き下ろしです

中原一也先生、吉田先生へのお便り、
本作品に関するご意見、ご感想などは
〒101-8405
東京都千代田区三崎町2-18-11
二見書房　シャレード文庫
「金ニモマケズ、恋ニハカテズ」係まで。

CHARADE BUNKO

金《かね》ニモマケズ、恋《こい》ニハカテズ

【著者】中原一也《なかはらかずや》

【発行所】株式会社二見書房
東京都千代田区三崎町2-18-11
電話　03(3515)2311[営業]
　　　03(3515)2314[編集]
振替　00170-4-2639
【印刷】株式会社堀内印刷所
【製本】ナショナル製本協同組合

落丁・乱丁本はお取り替えいたします。
定価は、カバーに表示してあります。

ISBN978-4-576-14080-3

http://charade.futami.co.jp/

CHARADE BUNKO

スタイリッシュ&スウィートな男たちの恋満載

中原一也の本

そんなに恥じらうな。歯止めが利かなくなるだろうが

愛してないと云ってくれ

イラスト＝奈良千春

日雇い労働者の街の医師・坂下と労働者のリーダー格・斑目。日雇いエロオヤジと青年医師の危険な愛の物語。

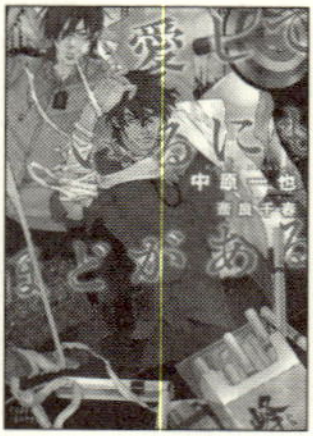

「愛してないと云ってくれ」続刊！

愛しているにもほどがある

イラスト＝奈良千春

医師・坂下は、元敏腕外科医で今はその日暮らしの変わり者・斑目となぜか深い関係に。そこへある男が現れ…

坂下を巡る斑目兄弟対決！

愛されすぎだというけれど

イラスト＝奈良千春

医師・坂下と日雇いのリーダー格の斑目。平和な日常は斑目の腹違いの弟の魔の手によって乱されていく…